Disney PRINCE OF PERSIA

LES SABLES DU TEMPS

hachette

Texte de Samuel Clemens
Traduit par Frédérique Fraisse-Cornieux

D'après le scénario de Boaz Yakin,
Doug Miro & Carlo Bernard
Adaptation cinématographique de Jordan Mechner.
Producteurs exécutifs : Mike Stenson, Chad Oman, John August,
Jordan Mechner, Patrick McCormick, Eric McLeod
Produit par Jerry Bruckheimer - Réalisé par Mike Newell

Dédié avec tout mon amour à mon père qui m'a toujours dit que j'étais beau, même quand je ne le voyais pas moi-même.

– S. C.

Prologue

Il était une fois une terre ingrate et sauvage où peu survivaient. Le jour, les rayons ardents du soleil brûlaient les corps et les esprits. La nuit, les températures glaciales recroquevillaient les cœurs. À coups d'épée et de sabre mais aussi à force de volonté, un empire vit finalement le jour sur ces étendues hostiles.

Cet empire se nommait la Perse.

Au crépuscule du VIe siècle, l'empire Perse s'étendait sur des milliers de kilomètres, depuis les rives de la Mer Méditerranée jusqu'aux steppes de la Chine. Ses guerriers se distinguaient par leur férocité et leur bravoure au combat, ses chefs par leur sagesse dans la victoire. Cet empire tirait sa puissance de ses princes, de jeunes hommes qui, à l'âge adulte, régnaient sur ces vastes territoires avec bonté et intelligence.

L'un de ces princes portait le nom de Sharaman. Premier fils du roi, il hériterait tôt ou tard du trône et gouvernerait à son tour l'empire.

Ayant parfaitement conscience du destin qui l'attendait, Sharaman était déterminé à se montrer à la hauteur de sa fonction et s'attacha à développer les talents et les qualités qui feraient de lui un grand roi. Il choisit donc comme professeurs les plus grands érudits perses et les soldats les plus courageux. Il étudia le mode de vie des tribus qui composaient son empire et apprit parfois leur langue. Il purifia son âme par la réflexion et la prière dans le Grand Temple, aiguisa sa bravoure lors de parties de chasse dans le cruel désert s'étirant à perte de vue derrière les murs de la cité royale de Nasaf.

« Tous ces efforts porteront leurs fruits », pensait-il. C'était une certitude. Pourtant, il ignorait encore que son Dieu en avait décidé autrement. Un jour en particulier, le sort de nombreuses vies bascula, certaines pour le meilleur, d'autres pour le pire…

Ce fameux jour, Sharaman était parti à la chasse. Il traquait en silence une belle antilope du désert qui s'ajouterait à ses trophées. Comme son attention était totalement accaparée par l'animal, il ne remarqua pas un lion tapi derrière un rocher. À l'évidence, l'animal affamé en voulait à sa vie. Au moment où le prince héritier entendit son rugissement fatal, il était trop tard…

Toutes griffes dehors, le lion vorace bondit dans les airs pour attaquer Sharaman. Il aurait tué le chasseur imprudent sans l'intervention courageuse de Nizam, le jeune frère du prince héritier, qui s'interposa entre eux et transperça le félin de sa lance.

Son geste était totalement désintéressé et guidé par l'amour qu'il portait à son frère. En effet, s'il ne l'avait pas sauvé, Nizam serait devenu prince héritier à sa place puis quelques années plus tard, roi de tout l'empire de Perse. Mais la loyauté et la fraternité étaient des valeurs importantes pour les deux princes.

Ainsi, à la mort de leur père, Sharaman exerça son droit d'aînesse, comme il était prévu depuis leur naissance. Il monta sur le trône tandis que Nizam prit la place de conseiller. Sharaman avait une confiance absolue en lui.

Unis à jamais par cette mésaventure du lion, le jeune roi et son frère combattirent côte à côte pour étendre l'empire de Perse. Jamais on n'avait vu un roi aussi sage et un conseiller aussi bien éclairé.

Pendant que la fortune du souverain croissait, sa famille s'agrandissait elle aussi. La reine donna naissance à deux fils, Tus et Garsiv, qui leur procurèrent beaucoup de joie. L'aîné était calme et posé ; il adorait la lecture, l'astronomie et l'architecture. Le cadet préférait le grand air aux bibliothèques, les sports de combat à l'étude des fossiles. Pourtant, la famille royale n'était pas encore tout à fait au complet...

L'Empire Perse tire sa puissance de sa grande armée.

1

L'odeur âcre des immondices en décomposition emplissait l'air. Cette puanteur émanait d'une décharge tentaculaire installée dans les bas-fonds de Nasaf. Tous les rebuts de la ville finissaient en ces lieux répugnants qui faisaient le bonheur des oiseaux charognards, des animaux cadavériques mais aussi des enfants sans-abri venus chercher un petit quelque chose à se mettre sous la dent : morceaux de viande pas trop avariés, fruits à moitié pourris, feuilles flétries de légumes...

Un de ces enfants faméliques se nommait Dastan.

Ses yeux bleus balayèrent longuement les piles de détritus quand ils s'arrêtèrent enfin sur un bout de bœuf à moitié rongé. Bien que couvert de mouches, ce reste serait son premier repas depuis bien longtemps. Soulagé, Dastan le ramassa au moment où trois autres garçons se jetèrent sur lui pour lui dérober.

Une bagarre acharnée s'ensuivit ; les coups de poing, de pieds volaient, ainsi que les insultes quand soudain, un commerçant des alentours cria à la cantonade : « Messager ! »

En un éclair, Dastan et ses assaillants dévalèrent le tas d'ordures et se ruèrent sur le marchand. Un paquet sous le bras, il paierait le premier qui voudrait bien le livrer à sa place. Il les dévisagea tour à tour d'un air suspicieux.

– Toi ! lança-t-il à Dastan. Tu m'as l'air d'être le plus rapide de ces misérables gueux.

– Oui, M'sieur, acquiesça le petit, sûr de lui. C'est pour ça que vous payez d'abord.

Si cet homme souhaitait engager le plus rapide, Dastan ne comptait pas lui faire de cadeau.

Le commerçant le dévisagea un long moment avant de se laisser fléchir.

– D'accord, tu as gagné, morveux.

Il tendit le paquet à Dastan et lui donna une pièce.

Quelques minutes plus tard, Dastan courait à vive allure dans les rues de Nasaf. Pour être plus précis, il les survolait. En effet, plutôt que pousser, jouer des coudes et se contorsionner au milieu des passants, Dastan trottait en toute liberté sur les toits, bondissait de maison en maison sans la moindre peur ni hésitation.

Voilà pourquoi Dastan était plus rapide que les autres !

Il livra le paquet dans une minuscule boutique et, au moment où il repartait, il repéra un marchand de quatre-saisons qui vendait de superbes pommes. Contrairement à la nourriture immonde qu'il avait glanée à la décharge, ces fruits étaient propres et mûrs, charnus et colorés.

Dastan donna sa pièce au vendeur et choisit une pomme. Il en salivait d'avance. Malheureusement, il n'eut pas le temps de la croquer. Derrière lui, une vive agitation secoua le marché.

– Les hommes du roi ! Les hommes du roi !

Dastan s'avança en pleine lumière à l'instant où un groupe de soldats perses armés jusqu'aux dents traversait la place du marché. Ils étaient impressionnants dans leur uniforme flamboyant et tout particulièrement leur capitaine, qui avançait avec fierté à leurs côtés sur le dos d'un superbe étalon.

Non loin, deux frères jouaient aux billes, se chamaillaient, se couraient l'un après l'autre, quand soudain, celui qui s'appelait Bis traversa sans crier gare devant le cheval. Apeuré, l'étalon se cabra et fit tomber son cavalier dans la boue.

Quand le capitaine désarçonné se releva, son uniforme quelques secondes plus tôt d'une propreté irréprochable était désormais maculé de boue. Fou de rage, il souleva Bis et le gifla avec rudesse. Puis il continua à le corriger jusqu'à ce qu'un témoin de la scène s'avance et le défie.

– Ça suffit ! ordonna une voix au milieu des badauds.

Le visage écarlate, le capitaine se retourna et se trouva face à face avec… Dastan.

Il ne parvenait pas à croire qu'un misérable garçon des rues ose ainsi lui donner un ordre ! Dans un éclat de rire, il frappa Bis encore plus fort.

Cédant à une impulsion, Dastan serra la pomme dans sa main, visa et lança. Le fruit percuta la tête du capitaine qui, cette fois-ci, ne riait plus du tout.

Bouillonnant de rage, il lâcha Bis et déversa sa haine sur Dastan.

– Sale petite ordure des rues ! Tu me le paie-ras cher.

– Ce n'est pas moi qui sens le fumier de cheval ! rétorqua Dastan avec hardiesse.

Cette repartie fit rire la foule de bon cœur, ce qui attisa davantage la colère du capitaine. Sans prévenir, l'homme chargea.

– Cours ! hurla Dastan à Bis.

Les deux garçons détalèrent entre les jambes des soldats et quittèrent la place du marché. Sans perdre une minute, Dastan aida son compagnon d'infortune à grimper sur le toit d'une échoppe.

– Quoi que tu fasses, lui conseilla-t-il, ne re-garde surtout pas en bas !

Évidemment, la première chose que fit Bis fut de baisser les yeux. Et là, il constata que Dastan avait raison : la terre ferme se trouvait bien loin en dessous ! Il n'eut pas le temps de souffrir du vertige : il fallait fuir et vite.

Ensemble, ils galopèrent sur les toits pen-dant que les soldats les poursuivaient depuis la rue. Ils étaient sur le point de leur fausser compagnie quand le pied de Bis glissa sur une tuile. Le garçon se mit à dévaler un toit en pente. Alors qu'il allait toucher le sol, quelqu'un l'attrapa au vol.

Bis leva la tête : Dastan lui tenait le bras d'une main et agrippait une gouttière de l'autre. En fort mauvaise posture, ils se balançaient dans le vide au-dessus des soldats courroucés.

Rassemblant toutes ses forces, Dastan tira Bis vers lui pour qu'il soit en sécurité sur le toit mais, pendant l'opération, la gouttière se détacha du bâtiment et Dastan dégringola de tout son poids.

Le garçon se releva tant bien que mal puis entreprit d'escalader la façade mais il n'eut pas le temps de rejoindre Bis. Armés de lances, les soldats l'entouraient déjà. Cette fois-ci, il n'y avait pas d'issue de secours.

Vert de rage, le capitaine empoigna Dastan sans ménagement avant de le traîner sur la place du marché. Le jeune prisonnier eut beau se débattre, essayer de mordre et de donner des coups de pied, l'officier ne le lâcha pas. Il avait été humilié devant la populace et il comptait bien prendre sa revanche sur cet avorton.

– Oh ! Peuple de Nasaf ! Écoutez-moi bien ! cria-t-il à la foule rassemblée autour de lui. Voyez comment le roi punit ceux qui manquent de respect à son armée. Celui qui me fera trébucher aura la jambe coupée ! Celui qui me jettera une pomme aura la main tranchée !

Deux soldats obligèrent Dastan à s'agenouiller et à poser le poignet sur un caniveau.

– Au nom de notre roi tout-puissant… tonitrua le capitaine pendant qu'il levait son épée au-dessus de sa tête pour couper la main de Dastan.

Soudain, une vague de silence déferla sur la place et plus un bruit ne se fit entendre. Au fond de lui, le capitaine était heureux que la leçon porte ses fruits. Ces pouilleux allaient voir de quel bois il se chauffait. Mais quand il se tourna, le capitaine constata que le moindre spectateur s'était agenouillé et avait apposé le front sur le sol. Il comprit très vite pourquoi. Le roi Sharaman s'approchait sur un magnifique étalon noir.

Son anneau sigillaire brillant à son doigt, il était drapé dans des capes dorées. Sans se faire remarquer des soldats, Sharaman avait assisté à toute la scène depuis une ruelle plongée dans l'ombre.

Maintenant qu'il avait manifesté sa présence, toutes les têtes s'inclinaient sur son passage. Excepté une. Le menton dressé, Dastan regardait le roi droit dans les yeux.

– Tu ne crains donc pas ton souverain ? s'étonna le roi, plus curieux qu'excédé.

– Si, bien entendu, Messire, acquiesça Dastan. Mais si je dois perdre une main, je n'ai pas l'intention de quitter des yeux celui qui me la prendra.

Contrairement au capitaine qui avait été agacé par la hardiesse et l'impudence de Dastan, le roi fut impressionné. Il avait reconnu en ce jeune effronté de la noblesse et de la bravoure, deux qualités qu'il admirait grandement.

– Quel est ton nom, petit ? demanda le souverain.

– Dastan, Votre Majesté.

– Comment s'appellent tes parents ? Où sont-ils ?

Embarrassé, Dastan détourna le regard et Sharaman comprit qu'il était orphelin. Aucun sang royal ne coulait dans ses veines, et, ce jour-là, le roi vit en Dastan un garçon unique, un fils qui ne convoiterait jamais son trône. Un fils en qui il pourrait avoir une confiance absolue. Peu de temps après l'incident du marché, il adopta Dastan et compléta ainsi la famille royale. Il avait un troisième et dernier fils, noble d'âme et de cœur, un véritable prince de Perse.

2

Douze ans plus tard...

Une tempête de sable aveuglante faisait rage dans le désert; ses tourbillons impressionnants bloquaient les rayons du soleil. Bien qu'elle grondât comme le tonnerre, ce n'était pas une création de la nature. Non, la tempête avait été déclenchée par quelque chose de plus mortel et de plus puissant que le temps et le vent réunis. À ce tumulte s'ajoutait un martèlement sourd et cadencé. On aurait dit une créature venue de la nuit des temps que le vent aurait mise en colère et qui tapait le sol rocailleux avec ses lourdes pattes.

Soudain, une colonne de cavaliers surgit entre deux rafales. Ils brandissaient avec fierté les étendards de guerre rouge et or du roi Sharaman. Ils continuèrent à galoper à vive allure jusqu'à ce qu'ils atteignent les limites du désert. Derrière eux, la tempête se calma peu à peu, le vent faiblit et les milliards de grains de sable se posèrent en douceur, révélant une file interminable composée de soldats et de leur ravitaillement, qui s'étirait d'un bout à l'autre de l'horizon.

L'armée perse.

Les hommes du roi, commandés par ses fils.

Cela faisait douze ans que Dastan avait été adopté par Sharaman. Il avait reçu exactement la même éducation que Tus et Garsiv qui l'avaient également pris sous leur aile. Bien qu'ayant des caractères très différents, et malgré quelques querelles fraternelles, les trois hommes s'entendaient assez bien et faisaient le bonheur de leurs parents. Devenus adultes, ils représentaient des parties de l'empire très différentes mais d'importance égale. On pouvait dire qu'ils se complétaient bien.

Tus le pensif incarnait le cerveau du royaume. En tant que prince héritier, cet intellectuel monterait un jour sur le trône. À l'instar de son père, Tus souhaitait prendre ses décisions avec sagesse et travaillait avec acharnement dans ce sens. Il essayait d'être réfléchi dans ses raisonnements et témoignait une confiance absolue en son oncle Nizam à qui il demandait souvent conseil. Il ne se séparait jamais de son chapelet dont il effleurait les grains pour mieux se concentrer.

Garsiv, au tempérament emporté, personnifiait la force du royaume. Il savait qu'un jour, il serait amené à exécuter les décisions prises par son frère couronné roi. Il avait hâte de connaître la gloire sur les champs de bataille et, de jour comme de nuit, il se tenait prêt à déverser sa fureur sur toute menace pesant sur l'empire. Déjà à la tête de l'armée perse, il triait ses soldats sur le volet et il n'était pas question que l'un d'eux tire au flanc. Quant aux chevaux, il choisissait également les meilleurs pur-sang qui fussent. Le salut de l'empire valait bien cela.

Le fougueux Dastan symbolisait le cœur. Il possédait le titre de prince mais il était aussi un homme du peuple. Il menait un groupe de soldats qui, comme lui, venait de la rue. Il aimait beaucoup les guerriers sous son commandement et n'hésitait pas à vivre parfois parmi eux, à leur rythme. Un vrai capitaine ne pavanait pas dans les rues en costume d'apparat ; un vrai capitaine savait se battre et se salir. Dastan adorait également ses frères qui le lui rendaient bien, mais par-dessus tout, il aimait le roi Sharaman, celui qui avait décelé de la grandeur d'âme en un simple garçon de caniveau, celui qui lui avait apporté la chaleur d'un foyer, l'amour d'une mère et la fierté d'un père.

Oui, il ferait n'importe quoi pour honorer son souverain et père. Il donnerait sa vie pour lui s'il le fallait.

L'armée avait atteint les frontières de l'empire. Pendant que les soldats montaient le camp, trois hommes en uniforme royal surveillaient une étendue de terre qui ne ressemblait à rien de connu. Du haut de leur cheval, ils scrutaient une vallée d'un vert luxuriant qui s'étendait jusqu'aux montagnes enveloppées dans la brume au loin. Ils dévorèrent des yeux ces couleurs étincelantes – palettes de vert, blanc immaculé, rouges, bleus, orangés... – si différentes des teintes brunes qui faisaient leur quotidien.

Au cœur de cette vallée était nichée la magnifique cité forte d'Alamut.

Tus, le chef du trio, portait des robes dorées qui brillaient sous les derniers rayons du

24

soleil couchant. Il observait la citadelle d'un air soucieux.

– C'est encore plus beau que je l'imaginais… Comment un désert aussi hostile peut-il côtoyer un bijou de verdure aussi saisissant? Quel somptueux tableau! Je pourrais passer des heures à l'admirer.

– Que cette beauté ne t'écarte pas de ta mission, le prévint son oncle Nizam d'un ton sec.

Le visage du vieil homme avait été buriné par l'expérience et sa barbe avait grisonné avec l'âge. Ayant surmonté de nombreuses épreuves au cours de sa vie et vécu de multiples aventures, il avait reconnu immédiatement une note d'incertitude dans la voix de son neveu. Certaines décisions étaient difficiles à arrêter. Aujourd'hui, il aiderait volontiers le prince héritier à prendre la bonne.

– C'est une ville, lui rappela Nizam. Comme n'importe quelle autre. N'oublie pas dans quel but nous avons parcouru tout ce chemin.

Le troisième membre du groupe savait exactement quoi faire. Garsiv ajusta la cuirasse de son armure noire. Quand il regardait Alamut, il ne voyait pas sa beauté. Son esprit calculait les meilleures possibilités d'attaque, réfléchissait aux meilleures stratégies, planifiait des manœuvres.

– Les pays mous engendrent des hommes mous, dit-il froidement. Ils s'abaissent à des actes de félonie et le paient un jour ou l'autre.

– Peut-être, lui répondit Tus, après avoir réfléchi quelques secondes. Mais Père nous a spécifié de ne pas toucher à Alamut. Certains considèrent que ce lieu est sacré. Et puis, jamais personne n'a jamais pu franchir ses remparts.

Garsiv fit une grimace désabusée.

– Le roi notre père passe plus de temps en prière qu'au combat, déclara-t-il. Peut-être ne sait-il plus où se placent nos intérêts ? Quant aux armées précédentes… Nous réussirons là où elles ont échoué, foi de Garsiv.

– Ça suffit, gronda Nizam. Ne critique pas ton père. Il a récolté tant d'honneurs qu'il pourrait remplir le désert. Ta fougue te jouera des tours. Parfois il faut savoir se taire et apprendre, plutôt que foncer tête baissée.

Garsiv se radoucit. Légèrement vexé, il hocha la tête et se tourna vers son frère.

– En l'absence de notre noble et sage père, la décision dépend de moi, lui rappela Tus qui avait l'habitude de peser longuement chacun de ses mots.

Tus devait s'y résoudre malgré tout, mais la tâche était pesante quand sa raison dictait une chose et son cœur une autre.

– Je tiendrai un dernier conseil avec mon cher oncle et mes deux frères, décréta-t-il.

C'est à ce moment-là seulement que le jeune prince héritier se rendit compte que Dastan ne les accompagnait pas. Il scruta les alentours ; aucun signe de lui nulle part…

– Où est Dastan ?

Sa défection n'était pas inhabituelle. Dastan avait la manie d'agir comme bon lui semblait. Aussitôt, Nizam ordonna à un héraut de fouiller le camp jusqu'à ce qu'il retrouve le prince aussi imprévisible que contrariant.

Au milieu d'un ring de fortune, deux hommes se battaient. Ils pratiquaient l'antique art martial nommé *Pahlavani*. Pendant que les deux adversaires se frappaient violemment avec des sarments de karela, les spectateurs applaudissaient et sifflaient selon les prouesses et les revers du lutteur sur lequel ils avaient parié.

Le premier, Roham, avait deux avantages bien nets : la taille et la force, tandis que l'autre, le plus petit, le contrait avec une singulière détermination. Nul ne savait comment, mais il encaissait chacun de ses coups et parvenait à rester sur ses pieds. Plus ils échangeaient de coups, plus les uns les huaient et plus les autres les encourageaient. Finalement, quand apparut le héraut chargé de retrouver Dastan, le combat cessa. Le plus petit guerrier regarda le messager et sourit. Ces yeux d'un bleu pénétrant ne pouvaient appartenir qu'à une seule personne : Dastan. Le jeune vaurien cherchant sa nourriture parmi les immondices s'était transformé en un jeune homme fort et beau, bien que toujours aussi obstiné et indomptable.

– Votre Altesse, je vous prie de bien vouloir me suivre, l'implora le héraut. Le Prince Tus réunit un conseil de guerre en ce moment même.

Dastan prit une profonde inspiration puis il hocha la tête. Les conseils de guerre n'étaient pas à prendre à la légère. L'heure était venue de rendosser son costume de prince. Frère ou pas, il valait mieux ne pas faire attendre le prince héritier. Tus ne supportait pas qu'on soit en retard ; quant à Garsiv, il détestait le voir sympathiser avec les soldats. Il sauta dans son uniforme d'officier royal et grimaça quand son fidèle lieutenant, Bis, l'aida à serrer son armure sur ses récentes ecchymoses.

Bis fit un signe de tête en direction des soldats.

– Et les paris ? demanda-t-il.

Dastan frotta son épaule endolorie et fit craquer les vertèbres de son cou.

– Paie-les tous, annonça-t-il avec un sourire.

Sa décision fut saluée par un tonnerre d'acclamations.

– Dis-moi, Bis, murmura-t-il tout en remuant la langue dans sa bouche. J'ai encore toutes mes dents ?

Quelques minutes plus tard, Dastan pénétra dans la tente où avait lieu le conseil de guerre.

– Il se battait encore avec ces simplets de soldats, grogna Garsiv avec hargne, dès qu'il vit son jeune frère.

– À ta place, j'éviterai de qualifier Roham de simplet en sa présence, corrigea Dastan dans un éclat de rire, ce qui raviva ses douleurs. Il risquerait de mal le prendre. Tu sais, il frappe comme un sourd. Je t'avais dit qu'il cuisinait pas mal aussi ? Tiens, pas plus tard que l'autre jour…

– Que tes comparses t'assomment une bonne fois pour toutes, répliqua Garsiv, et ils n'auront plus peur de nous. Voilà ce que nous gagnerons.

– Cela me convient, le défia Dastan. Seuls les lâches gouvernent par la peur.

– Ça suffit, vous deux! Vous êtes frères et princes, leur rappela Nizam.

Il ne voulait pas attendre un nouveau round entre Garsiv et Dastan pour aborder les choses sérieuses. Leur rivalité fraternelle ne cesserait-elle donc jamais?

– Nous avons des affaires importantes à régler! continua leur oncle. Si vous voulez bien vous concentrer sur la situation actuelle. Tus a un mot à vous dire à propos d'Alamut.

Voilà qui attira l'attention de Dastan.

– Alamut? s'exclama-t-il, surpris. Mais le roi…

Tus les fit taire d'un geste de la main. Le roi Sharaman avait donné l'instruction de ne pas toucher la cité forte, nul ne l'ignorait. Mais la situation avait changé. Des éléments nouveaux entraient en ligne de compte.

– Le roi ne sait pas ceci, commença Tus.

Il fit signe d'avancer à un homme tapi dans un coin de la pièce. Il dégageait quelque chose de mystérieux; ses yeux bleu pâle vous glaçaient le sang, comme si les dernières lueurs de la vie n'allaient pas tarder à les quitter. Sans dire un mot, il ouvrit deux grands coffres contenant une impressionnante collection d'armes mortelles.

– Notre meilleur espion a intercepté une caravane quittant Alamut. Les hommes qui la conduisaient comptaient livrer ceci à nos ennemis au Koshkhan, expliqua Nizam, la bouche tordue par le mépris. Des épées de la plus belle facture, des flèches à pointe d'acier.

Tus remit plusieurs rouleaux de parchemin à Dastan.

– Une promesse de paiement du seigneur de guerre Kosh à Alamut, expliqua-t-il. Ils vendent des armes à nos ennemis !

Garsiv s'empara d'une flèche à pointe d'acier parmi le tas d'armes.

– Une telle flèche a abattu mon cheval lors de la bataille de Koshkhan ! s'exclama-t-il. Du sang coulera dans les rues d'Alamut en mémoire de mon destrier ! Je vous en fais le serment.

– Ou bien de nombreux Perses tomberont du haut de ses murailles, compléta Dastan après avoir lu le parchemin.

Il avait étudié la cité lui aussi et il savait que ses murs rendraient toute attaque difficile voire impossible. Voilà pourquoi la citadelle était réputée imprenable.

– Les mots n'arrêtent pas nos ennemis une fois qu'ils sont armés de lames alamutiennes, intervint Nizam avec prudence.

L'air de rien, il redirigeait la conversation tout en laissant à Tus le soin de prendre la décision finale.

Tus secoua la tête en signe d'approbation. Sa décision était prise.

– Nous attaquerons la citadelle d'Alamut à l'aube, annonça-t-il.

Dastan se mordit la langue pour éviter que ses paroles ne dépassent sa pensée. Ce n'était pas ce que leur père voulait. Malgré toute sa bonne volonté et le respect qu'il devait à Sharaman, Dastan savait qu'il ne pourrait pas stopper l'attaque. Personne ne voudrait entendre ses arguments, aussi convaincants fussent-ils. Il réfléchit un instant. Il y avait peut-être une manière de minimiser les effusions de sang…

Il s'adressa donc à Tus avec déférence.

– Dans ce cas, je demande l'honneur de donner le premier assaut.

Garsiv manqua s'étrangler de rire.

– Je suis à la tête de l'armée perse, leur rappela-t-il. Dastan mène une troupe de gredins des rues aussi entêtés et ingérables que lui. Je crois que l'honneur de transpercer le premier l'ennemi me revient. Tus ?

Comme à son habitude, Tus fit rouler ses

grains de prière entre ses doigts avant de délivrer sa sentence.

– On dit que la Princesse d'Alamut est d'une beauté sans nulle autre pareille. Nous nous introduirons dans son palais et nous constaterons par nous-mêmes. Personne ne met en doute ton courage, Dastan, continua Tus sur un ton formel. Cependant, tu n'es pas prêt pour une opération de cette importance. La cavalerie de Garsiv sera en première ligne.

Tus et Garsiv sourirent à la perspective de cette bataille mémorable. De son côté, Nizam hocha silencieusement la tête en guise d'approbation.

Dastan se contenta de serrer les mâchoires. Il n'était pas parvenu à convaincre ses frères et son oncle qu'il fallait épargner la ville sainte. Le roi Sharaman risquait de ne pas apprécier, mais il avait un plan…

Cette nuit-là, Dastan effectua un raid dans Alamut. Ni plus, ni moins.

Plutôt que de charger directement la forteresse aux hautes murailles, comme le prévoyait Garsiv, Dastan se dit qu'une attaque furtive serait plus efficace et surtout moins sanglante. Des centaines de vies seraient épargnées des deux côtés. Après avoir rassemblé ses hommes autour de lui dans la plus grande discrétion, il leur confia à voix basse ce qu'il attendait d'eux. Puis avec agilité et rapidité, il escalada l'enceinte extérieure d'Alamut, sa « troupe de gredins des rues » sur les talons.

– Tu peux me rappeler pourquoi nous avons désobéi aux ordres de ton frère ? demanda Bis quand ils atteignirent le sommet du rempart.

– Parce que l'attaque de front prévue par Garsiv se terminerait par un massacre, expliqua Dastan.

Bis réfléchit quelques instants à sa réponse. Dastan n'aurait jamais affirmé une telle chose pour plaisanter. Mais il connaissait aussi la vieille rivalité entre les deux frères.

– Tu es sûr que c'est la seule raison pour laquelle nous sommes ici ? insista Bis.

Dastan le foudroya du regard, comme pour dire : « C'est fini, les questions ! ». Et avant que Bis puisse argumenter davantage, Dastan passa à l'action.

Sous le couvert de la nuit, le jeune prince et ses hommes démantelèrent la plupart des défenses d'Alamut avant même le début de la bataille. Aux premières lueurs de l'aube, sans le moindre bruit et sans verser la moindre goutte de sang, la compagnie de Dastan avait pris le contrôle de la ville.

Dastan ouvrit la porte Est et agita une torche signalant sa présence à l'armée en surplomb. Les vigies perses n'en croyaient pas leurs yeux. Aussitôt, ils donnèrent l'alarme. Les Perses ne s'étaient absolument pas rendu compte qu'un raid avait eu lieu pendant leur sommeil et, à présent, ils devaient se précipiter au combat, plusieurs heures avant l'attaque prévue par Garsiv.

Depuis sa tente, Tus entendit le branle-bas de combat. Pourquoi ses hommes s'agitaient-ils ainsi ? En toute hâte, le prince héritier scruta Alamut.

– Il a réussi à entrer, annonça Tus aux capitaines. Redéployez-vous tous vers la porte orientale.

Les officiers se dépêchèrent de donner des ordres à leur compagnie pendant que Garsiv frappait la table d'un poing rageur. L'honneur de donner l'assaut ne lui reviendrait pas. La bataille avait déjà commencé et il n'y avait rien qu'il puisse faire contre cela.

Ravalant sa colère, il suivit son frère à l'extérieur de la tente. Le petit ne perdait rien pour attendre… Il enfourcha son cheval de bataille et partit à la guerre.

Dastan n'est plus un gamin de la rue.
Il est devenu un véritable prince de Perse.

3

La forteresse d'Alamut n'avait jamais été prise par un ennemi. Depuis plus d'un millier d'années, les remparts qui entouraient la ville avaient repoussé les envahisseurs de tous horizons. Toutefois, elle n'avait jamais affronté un rival aussi puissant que la Perse, une armée aussi déterminée et surtout un prince aussi rusé. Dès que la Princesse Tamina aperçut le corps de bataille en rangs serrés par-delà les murs de sa chère cité, elle sut qu'Alamut ne résisterait pas à cette prochaine attaque.

Pendant que Dastan effectuait son raid secret dans la ville, Tamina s'entretenait avec le Conseil des Aînés dans le Grand Temple d'Alamut. Lorsqu'elle apprit qu'un raid avait eu lieu à l'intérieur de l'enceinte, elle priait avec recueillement.

— Les Perses ont ouvert une brèche dans la porte orientale! s'exclama un soldat en entrant précipitamment dans le sanctuaire du temple.

Les membres du conseil demeurèrent sous le choc. Comment cela était-il possible? La princesse, elle, n'avait pas de temps à perdre en tergiversations. Elle savait exactement quoi faire car elle avait consacré sa vie à l'avènement d'un moment tel que celui-ci.

— J'ordonne que l'on fasse effondrer les passages qui mènent à la Chambre! commanda-t-elle au soldat sans perdre son calme.

Aussitôt il tourna les talons et courut transmettre ses ordres.

— Maintenant, partez! demanda-t-elle aux membres du conseil. Chacun d'entre vous doit prendre les armes et se battre pour sauver Alamut de ces barbares. Allez!

Bientôt, il ne resta plus qu'Asoka dans la pièce. Alors qu'il était le guerrier le plus fort et le plus courageux de tout Alamut, Asoka ne prendrait pas part aux combats. Il avait une mission bien plus importante à accomplir. Il se leva lentement tandis que la princesse s'agenouilla et apposa le front sur le sol.

Au moment où elle commençait à réciter une prière, un grondement fit trembler la pièce. Quelques secondes plus tard, une lueur radieuse surgit à l'intérieur de la colonne dressée devant la jeune femme. L'ouverture du pilier révéla une chambre secrète.

Tamina se leva et pénétra dans la cachette. Rarissimes étaient ceux qui en connaissaient l'existence. Là, sans être vue, elle enveloppa un objet dans un linge brodé. Pour la première fois depuis l'arrivée des Perses, on pouvait lire de la peur dans les yeux de la princesse. Les mains tremblantes, elle remit l'objet à son fidèle Asoka.

– Tu sais ce qu'il te reste à faire, lui murmura-t-elle, le cœur gros.

Conscient de la mission historique qu'elle venait de lui confier, Asoka hocha la tête et répéta les instructions qu'on lui avait dictées au début de sa carrière. Son père, son grand-père et nombre de ses aïeux avaient reçu cet honneur avant lui. Il était le premier à les exécuter.

– Avant tout, il faut la mettre en sécurité.

– Je le paierai de ma vie si j'échoue et ce funeste jour n'est pas prêt de se lever, Votre Altesse.

N'ayant pas une minute à perdre, Asoka sortit du temple au pas de course et découvrit une cité plongée dans le chaos le plus total. La bataille faisait rage aux quatre coins de la ville, même s'il assistait plus à une débâcle innommable qu'à de vrais combats.

Les habitants d'Alamut s'étaient toujours reposés sur les murailles qui entouraient leur ville pour assurer leur défense. Pacifiques pour la plupart, ils n'avaient pas pris la peine d'apprendre à se battre. Mais par la faute de Dastan, ces hauts murs protecteurs n'avaient plus de raison d'être. Maintenant que l'armée perse se trouvait à l'intérieur de la ville, la supériorité de son nombre la rendait invincible.

Il n'avait pas le temps de combattre aux côtés des siens. Asoka sprinta le long de tunnels obscurs, traversa des cours pavées, se faufila dans des ruelles mal éclairées. Quand il parvint enfin aux écuries royales, il se dépêcha de monter sur un cheval en armure. Après avoir vérifié qu'il n'avait pas été suivi, il fonça tête baissée dans une rue étroite. Direction : la liberté. Malheureusement, quelque chose lui bloquait la route ou plutôt quelqu'un : le Prince Dastan !

Quand il vit un soldat chevauchant un étalon qui se ruait sur lui, Dastan crut qu'Asoka l'attaquait. Rapide comme l'éclair, il tira son épée de son fourreau pendant qu'Asoka brandissait son cimeterre. Le bruit des lames en métal s'entrechoquant résonna dans la ruelle. Perché sur son cheval, Asoka bénéficiait d'un net avantage sur le prince perse en contrebas. Entre deux assauts, Dastan en profita pour jeter des coups d'œil autour de lui : il lui fallait prendre un peu de hauteur. Soudain il fronça les sourcils.

Avec un talent remarquable et une rapidité ahurissante, il courut sur une portion de mur et sauta sur le dos d'Asoka, si bien que celui-ci tomba de sa monture.

À présent à égalité sur la terre ferme, ils se lancèrent dans un combat à l'épée qui se terminerait forcément par la mort d'un des deux adversaires. Ils se contorsionnèrent, firent volte-face, reculèrent de cinq pas, avancèrent de trois. S'affrontaient là le meilleur guerrier d'Alamut et le champion de Perse. Le combat était serré quand, finalement, Dastan blessa Asoka qui tomba à la renverse par terre.

Le précieux paquet qu'il transportait roula sur le sol. Une main sur sa plaie profonde, le guerrier tenta de le récupérer mais Dastan fut plus rapide.

Dès qu'il l'eut ramassé, Dastan ouvrit le linge qui dissimulait… une dague sertie de pierres précieuses. Son manche en verre contenait du sable comme le jeune prince n'en avait jamais vu auparavant. Les grains semblaient briller quand il les regarda de plus près à la lumière du soleil. Un grand sourire aux lèvres, il glissa l'arme dans sa ceinture en guise de trophée. Voilà qui témoignait d'une victoire bien méritée ! Puis il continua en direction du palais, laissant derrière lui un Asoka grièvement blessé et inconscient.

4

L'armée du roi Sharaman avait désormais le contrôle total d'Alamut. Et exactement comme Tus l'avait prédit la veille, les trois princes accompagnés de leur oncle marchèrent ensemble jusqu'au palais afin de confronter la Princesse Tamina à sa beauté renommée.

Ils la trouvèrent dans le Grand Temple. Elle leur tournait le dos. Malgré le chaos qui l'entourait, la princesse conservait une allure royale. Comme elle chantait une prière, elle ne perçut pas les bruits de pas derrière elle jusqu'à ce que Garsiv s'avance et renverse un encensoir.

– Des chants idiots et de la fumée parfumée ne vous seront pas d'une grande utilité, grogna Garsiv.

À la vitesse de la lumière, Tamina se retourna. Elle tenait un couteau à la main. Alors qu'elle portait une botte dans l'intention de transpercer Garsiv, son poignet fut intercepté par Nizam.

– Ne sous-estime jamais ton ennemi, que ce soit une jeune demoiselle ou un vieillard qui radote, conseilla-t-il à son neveu.

Tus s'approcha d'elle et de la pointe de son épée, il souleva avec délicatesse le voile qui cachait son visage. En vérité, elle était beaucoup plus belle qu'ils ne l'avaient imaginé.

– Pour une fois, ce qu'on raconte est vrai, chuchota Tus.

Au même instant, Dastan entra dans la pièce, encore essoufflé après son combat avec le guerrier alamutien. Lorsqu'il vit Tamina, il s'arrêta net et demeura bouche bée devant tant de grâce et de séduction. Son petit air farouche lui donnait aussi beaucoup de charme.

Absolument pas hypnotisé par les attraits de la jeune femme, Nizam n'éprouva aucune difficulté à élever la voix.

– Nous savons que vous fabriquez en secret des armes pour les ennemis de la Perse, l'accusa-t-il avec la franchise qui le caractérisait.

– Nous ne possédons aucune forge secrète en ces lieux, répliqua Tamina sur un ton de défi. Quelles que fussent nos armes, vous avez vaincu. Elles ne devaient pas être bien efficaces !

– Nos espions ne disent pas la même chose, grommela Garsiv. Beaucoup de souffrance pourrait être épargnée si vous…

Elle l'interrompit :

– Toutes les douleurs du monde ne vous aideront pas à trouver une chose qui n'existe pas.

Pendant un long moment, la salle fut plongée dans le silence.

– C'est parler comme une personne assez sage pour envisager une solution politique, finit par déclarer Tus, saisissant l'occasion.

Il lui tendit la main.

– Joignez les mains avec le futur roi de Perse.

– Plutôt mourir, rétorqua simplement Tamina.

Mis dans l'embarras et furieux, Tus lui aboya :

– Si tel est votre souhait ! Garde !

Le prince héritier fit signe à un de ses gardes du corps qui tira une épée de son fourreau et la plaqua contre le cou de Tamina. Si la princesse préférait mourir, Tus se ferait un plaisir de lui rendre ce service.

Dastan n'était pas de cet avis du tout. Instinctivement, il chercha une épée pour la protéger. Quand sa main effleura sa nouvelle arme, la princesse reconnut la dague sacrée. Une douleur fulgurante transperça son cœur quand elle comprit qu'Asoka n'avait pas franchi les portes de la ville. Sa mission se soldait par un échec dont les conséquences risquaient d'être très graves.

– Attendez ! s'écria-t-elle.

Tus haussa un sourcil.

– Jurez-moi que le peuple d'Alamut sera traité avec miséricorde ! Je vous en prie, épargnez mes sujets !

Avec calme, Tus roula ses grains de prière entre ses doigts pendant qu'il réfléchissait à sa réponse. Puis il sourit et indiqua au garde de ranger son épée. Cette fois-ci, quand il lui tendit la main, Tamina la serra.

De l'endroit où il se trouvait dans la pièce, Dastan ressentit un drôle de pincement au cœur.

Plus tard ce jour-là, Dastan et Bis se rendirent dans le camp temporaire que les Perses avaient installé à Alamut. Les chevaux de guerre se reposaient à côté des tentes dans lesquelles on soignait les blessés. Sur leur passage, les soldats leur adressaient des compliments, leur donnaient des claques dans le dos. Dastan souriait, disait des plaisanteries, les félicitait à son tour. Soudain, une voix le figea. Quand il se retourna, il vit Tus qui traversait le camp.

– Ils t'appellent le Lion de Perse! lui apprit le prince héritier. Tu n'as jamais été doué pour écouter les ordres. Il faut toujours que tu n'en fasses qu'à ta tête.

– Tus, il faut que je t'explique… commença Dastan.

Tus décocha un sourire éclatant et passa le bras autour des épaules de son petit frère.

– Non! s'exclama-t-il dans un éclat de rire. Nous avons quelque chose à fêter!

Soulagé, Dastan sourit à son tour. Alors qu'il avait volé à Garsiv l'honneur de donner le premier assaut, il avait été pardonné. Du moins par Tus. Garsiv ne se montrerait pas aussi généreux, il en était certain.

– J'espère que tu n'as pas oublié la tradition! lui rappela le prince héritier. Comme tu as eu l'honneur du premier assaut, tu dois me rendre hommage en m'offrant un cadeau.

Tus désigna le poignard serti de pierres précieuses que Dastan portait à la ceinture. Dans un haussement d'épaules, ce dernier allait le lui remettre quand ils furent interrompus par leur oncle Nizam.

– Il t'a livré la forteresse et sa princesse, lui rappela l'homme plus âgé. N'est-ce pas un hommage suffisant ?

Tus examina la dague, estima sa valeur.

– Oui, je suppose, répondit-il sur un ton affable.

Dastan adressa un sourire reconnaissant à son oncle puis rangea l'arme dans sa ceinture.

– Les premières dépêches viennent d'arriver, les informa Nizam. Les nouvelles sont fantastiques. Votre père a interrompu ses prières dans le Palais d'Orient et a décidé de nous rejoindre. Il sera parmi nous demain avant le lever du soleil.

*Garsiv, Dastan et Tus attendent l'arrivée de leur père
pour fêter leur victoire sur Alamut.*

5

Rassemblés dans la cour du palais, les trois princes de Perse attendaient l'arrivée imminente de leur père, le roi Sharaman. Ils étaient persuadés qu'il serait fier de leur capture de la forteresse d'Alamut. Mais quand le roi s'approcha sur son pur-sang nommé Aksh, il paraissait loin d'être content de ses fils.

L'air sombre, Sharaman descendit de cheval et passa en trombe devant eux sans leur adresser la parole. Tus dévisagea Garsiv et Dastan. Ce n'était pas bon signe. Dans un soupir, il suivit son père à l'intérieur.

– Aurais-tu oublié quelle armée tu diriges ? tonitrua Sharaman quand son fils se présenta devant lui.

Les doigts de Tus coururent sur ses grains de prière.

– J'ai réfléchi posément à ma décision, essaya-t-il d'expliquer. Comme vous me l'avez toujours conseillé.

– Je ne me rappelle pas t'avoir conseillé de désobéir à mes ordres !

Tus ravala une repartie qu'il aurait pu regretter plus tard. Son père voulait qu'il devienne un grand souverain, mais en définitive, il lui laissait une marge de manœuvre très restreinte.

– Père, laissez-moi une plus grande liberté d'action ! plaida-t-il.

– Parce que tu estimes ne pas en avoir assez ! s'emporta Sharaman. La preuve !

– Selon nos indications, Alamut fabriquait une importante quantité d'armes qu'elle livrait à nos ennemis, se justifia le prince héritier.

– Il faut plus que de simples indications pour occuper une ville sainte avec mes troupes ! rétorqua le roi. Cette affaire risque de refroidir nos alliés. Mais je suppose que tu en as tenu compte quand tu as décidé d'envahir la forteresse !

Tus n'en croyait pas ses oreilles. Il avait longuement pesé le pour et le contre ; il était persuadé d'avoir fait le bon choix. Voilà qu'à présent, il en doutait! Il se tourna vers Nizam.

– Ne regarde pas ton oncle, mon garçon! le sermonna Sharaman. Il ne te sera d'aucune aide.

– Vous avez raison, la décision et ses conséquences m'incombent, affirma Tus.

Ensuite, sachant qu'il n'existait pas d'autre manière de reconquérir la confiance paternelle, il ajouta :

– Je superviserai moi-même les recherches d'armes. Je vous jure de ne pas me présenter devant vous tant que je n'aurai pas la preuve qu'Alamut nous a trahis.

La tête haute, il fit volte-face et sortit d'un pas majestueux de la pièce.

Nizam avait assisté à l'entière confrontation. Mais conformément à son rôle, il n'avait pas ouvert la bouche. Ce n'était ni le lieu ni le moment pour contester les paroles du roi – et encore moins devant témoin qui, de plus, était son fils le prince. Cependant, une fois que son neveu fut parti, il s'approcha de son frère et tenta de calmer son courroux.

– Il a hâte de connaître le poids de la couronne qu'il portera un jour, expliqua Nizam.

51

– Tu ne connais pas le poids de la couronne qu'il portera un jour, lui rappela Sharaman.

Nizam se mordit la lèvre pour ne pas répondre à cette pique. Bien que frères, ils ne seraient jamais égaux. D'abord prince héritier, puis roi, Sharaman avait toujours été le supérieur de Nizam. Celui-ci ne pouvait s'empêcher de penser au jour où il avait sauvé la vie de son frère, dans leur prime jeunesse. Une partie de lui mourait d'envie de lui hurler : « Sans moi, tu serais mort ce jour-là et tu n'aurais jamais su le poids de cette fichue couronne ! » Mais il avait appris depuis longtemps à masquer de tels sentiments. En dépit des rancœurs qui s'étaient accumulées au fil des années, son rôle consistait à servir son frère et jamais rien ne changerait cela. Il aborda donc un autre sujet.

– J'ai organisé un banquet en ton honneur, enchaîna Nizam. Tes fils et tes sujets ont hâte de te voir.

La colère du roi s'estompa quelque peu. Elle fut remplacée par l'épuisement qui accompagne les lourds fardeaux imposés par la royauté. Effectivement, peut-être qu'une fête donnée en son honneur le mettrait de bonne humeur.

– Je suppose qu'on s'attend à me voir sourire à ce banquet ? ironisa-t-il.

Nizam rit.

– Il faudra boire aussi.

Sharaman sourit à son tour avant de plonger dans ses pensées.

– Et Dastan ? demanda-t-il à Nizam. Il a attaqué sans permission ?

– Oui, on dit qu'il a été bien inspiré de jouer les insubordonnés !

Sharaman réfléchit quelques secondes, hocha la tête tout en contemplant Alamut en contrebas. Il ne pouvait pas retourner dans le passé et changer le cours de l'histoire. Qu'il le veuille ou non, cette ville sainte faisait désormais partie de son empire. Et l'orphelin qu'il avait recueilli autrefois dans les rues de Nasaf était aujourd'hui surnommé : « Le Lion de Perse ».

Pendant ce temps, le Lion savourait dignement sa victoire. Dans la cour du palais, Dastan et ses hommes s'adonnaient à leur propre forme de relaxation.

Roham, le guerrier baraqué que Dastan avait affronté la veille, était adossé contre un mur. Dastan se tenait devant lui, une coupe à la main.

Dastan scruta l'homme. Puis le mur. Il but une lampée puis il prit son élan, bondit et fonça. Un pas puis… BAM! Droit dans le mur. Sonné, il tomba à la renverse pendant que ses hommes éclataient de rire et l'applaudissaient.

– Le troisième pas est le plus compliqué, marmonna-t-il.

– Je n'ai pas vu le deuxième, le taquina une voix.

Un grand silence régna soudain autour de lui. Dastan leva les yeux. Tus le toisait du haut de son cheval. Il mit pied à terre et aida son jeune frère à se relever.

– Nous avons découvert des signes de tunnels à l'est de la ville, déclara Tus pendant que Dastan s'époussetait. Je m'y rends de ce pas.

Dastan parut surpris.

– Tu vas rater le banquet!

Tus opina. Il n'avait pas le choix mais cela, Dastan l'ignorait. Garsiv et lui pouvaient s'occuper des festivités en son absence. Toutefois, il voulait qu'une chose soit claire avant son départ.

– Tu as prévu un cadeau en l'honneur de notre père, dis?

Panique dans le regard de Dastan. Comment avait-il pu oublier ? C'était la tradition !

Tus rit de bon cœur.

– Je savais que tu oublierais, claironna-t-il en posant une main affectueuse sur l'épaule de son frère.

Il fit signe à un serviteur qui remit un paquet emballé à Dastan.

– La robe de prière du Régent d'Alamut, l'homme le plus saint des terres orientales, annonça Tus. Un cadeau que le roi appréciera, crois-moi.

Dastan ne sut comment exprimer sa reconnaissance à son frère.

– Tu t'es battu comme un champion pour moi, poursuivit Tus. Je suis content de te rendre la pareille.

Les yeux pétillants, Dastan appréciait que son frère veille sur lui.

À ce moment, Tus désigna un passage duquel la Princesse Tamina sortit, escortée par des gardes perses et des serviteurs.

– Un bijou rare, mais Père juge les épouses avec sévérité, lui rappela Tus. Présente-la au roi pour moi ce soir, Dastan.

– D'accord, répliqua celui-ci, content d'aider son frère.

Le prince héritier grimpa sur son cheval et, avant de partir, il se pencha pour lui dire une dernière chose.

– Mon mariage avec la princesse nous assurera la loyauté du peuple d'Alamut, murmura-t-il. Si Père désapprouve notre union, je veux que tu mettes toi-même un terme à la vie de la princesse.

Sa requête déconcerta le Lion de Perse au point qu'il ne sut quoi répondre.

– Bientôt, je serai roi, Dastan, continua Tus. Et ce jour-là, je dois être sûr que je peux avoir confiance en toi. Je saurai que tu m'obéiras, quoi qu'il advienne.

Il le regarda droit dans les yeux.

– Puis-je compter sur toi pour le faire ?

Dastan savait que Tus testait sa loyauté. À contrecœur, il répondit par un léger signe de tête.

Immobile comme une statue, Tamina ruminait dans sa chambre, pendant que des servantes perses la préparaient en vue de la présentation au roi. L'une d'elles lui enduisait les pieds d'huile sacrée pendant qu'une autre l'habillait dans le style perse. Une troisième patientait pour la coiffer. Tamina se sentait étrangère dans son propre palais.

Dès qu'elle fut fin prête, Dastan entra à grands pas dans la chambre. Il s'était lavé et changé en prévision du banquet. La dague brillait encore à sa ceinture.

– Je dois vous présenter au roi, Votre Altesse, déclara-t-il sur un ton formel.

– Ainsi je serai escortée par le prince Dastan, le célèbre Lion de Perse, se moqua-t-elle tandis qu'elle passait la porte, le menton levé. Ce doit être merveilleux de récolter tant de louanges après avoir détruit une cité innocente et brisé la vie de ses habitants.

Il se dépêcha de la rattraper.

– Que faut-il attendre d'autre d'un Prince de Perse? continua-t-elle. Brutalité, insensibilité et absurdité, tels sont vos maîtres mots.

– C'est un plaisir pour moi aussi de vous rencontrer, Princesse, répliqua Dastan.

Il avait peur de perdre son calme.

– Et laissez-moi ajouter une chose: si c'est un crime de punir les ennemis de mon roi, alors je le commettrai encore et encore.

Frustrée, Tamina secoua la tête.

– Et en plus il a la tête dure, marmonna-t-elle.

Ils atteignirent la porte. Dastan se pencha vers elle et lui barra le passage.

– Vous feriez une grossière erreur si vous estimiez me connaître, Princesse, se rebiffa-t-il.

– Parce qu'il y a autre chose à connaître ? se moqua-t-elle.

Dastan ne répliqua pas. Il se retourna et se trouva nez à nez avec l'énorme Roham qui attendait sur le seuil.

– Attends ici avec Son Altesse, lui ordonna Dastan.

Il s'éloignait quand il se ravisa et s'adressa à la princesse.

– Si vous en êtes capable, je vous suggère un soupçon d'humilité quand vous serez présentée au roi Sharaman, lui conseilla-t-il. Je dis ça pour vous…

6

Le banquet donné en l'honneur du roi célébra la gloire de l'armée perse en grande pompe : cuisiniers, musiciens et danseurs se surpassèrent. Dastan ne cessa d'observer son père pendant les réjouissances puis lors des souhaits que lui adressèrent ses fils.

— Vous avez su apaiser la colère de mon père, fit remarquer Dastan à Nizam quand il apparut à ses côtés.

— Un jour, tu auras le plaisir d'être le frère du roi, lui répondit Nizam sur un ton énigmatique. Tant que tu garderas en tête l'importance de ton devoir, tout ira bien.

— Quel est-il, mon oncle ? répondit Dastan en souriant.

Nizam fit signe à un serviteur de remplir le verre de Sharaman.

– De toujours veiller à ce que son verre soit plein.

Dastan éclata de rire mais remarqua que Nizam demeurait stoïque. Il était surpris. Nizam se comportait bizarrement depuis quelque temps. Il parlait d'une voix cassante, avec une pointe d'amertume... Mais Dastan n'eut pas le temps de creuser la question, le roi Sharaman leva la main pour signaler à la foule de se taire.

– J'ai entendu dire qu'un autre de mes fils avait rejoint le clan des grands guerriers perses! annonça-t-il.

Les convives applaudirent lorsque Dastan fit un pas en avant et s'agenouilla devant son souverain.

Sharaman lui souleva le menton.

– Vous nous avez manqué, Père, affirma Dastan avec douceur et bienveillance, profitant de ces quelques secondes d'intimité.

– Je priais pour tes frères et toi, murmura Sharaman. La famille, et par ce mot je veux dire le lien qui unit des frères, est l'épée qui défend notre empire. Je prie pour que cette épée ne se brise jamais.

Dastan baissa les yeux. À l'évidence, son père savait qu'il avait désobéi aux ordres de Tus.

– Je comprends, père. Je pensais que mon geste épargnerait la vie de nombreux soldats. Un bain de sang n'était pas nécessaire. Des innocents risquaient aussi de mourir.

– Un homme bon aurait agi comme tu l'as fait, mon fils, répondit le roi. Mais un grand homme aurait purement et simplement empêché cette attaque. Un grand homme aurait arrêté une guerre qu'il jugeait inutile et injustifiée, peu importait le donneur d'ordres.

Sharaman fit ensuite référence au jour où il avait sauvé Dastan d'un destin cruel, plusieurs années auparavant.

– Sur cette place autrefois, j'ai vu un garçon capable d'être bon, mais aussi d'être grand.

Il regarda son fils droit dans les yeux, plongea dans les profondeurs de son âme.

– Dis-moi, Dastan. Avais-je tort de placer autant d'espoir dans ce garçon ? Avais-je tort de croire en la grandeur de sa nature ?

– J'aimerais pouvoir vous répondre, Père, chuchota Dastan.

Le poids de cette question pesait lourd sur ses épaules. Sharaman lui sourit.

– Un jour, à ta manière, tu m'apporteras cette réponse.

Il serra son fils dans ses bras et la foule applaudit à tout rompre. Soudain, Dastan se rappela le présent que lui avait remis Tus en l'honneur de leur père.

– J'ai quelque chose pour vous, déclara-t-il avec fierté tout en lui tendant le cadeau. La robe de prière du Régent d'Alamut.

Le roi sourit à son tour. Il ouvrit le présent et le tint devant lui pour le montrer à la foule.

Puis il enfila la robe et l'admira.

– Que puis-je t'accorder en échange de ce somptueux vêtement ? demanda-t-il à son fils.

Dastan fit un signe de tête en direction de Roham qui escorta la Princesse Tamina jusqu'au roi.

– Je vous présente la Princesse Tamina d'Alamut, déclara solennellement Dastan. Tus souhaiterait établir une union avec son peuple en l'épousant.

L'angoisse au ventre, Dastan attendit la réponse de son père. Et si le roi refusait la requête de Tus ?

– Mon vœu le plus cher est que sa demande obtienne votre approbation et votre bénédiction.

Le roi dévisagea Tamina. Les circonstances de leur rencontre le rendaient apparemment malheureux.

– Lors de tous mes voyages, je n'ai jamais posé les yeux sur une plus belle ville que celle-ci, Votre Altesse.

– Je regrette que vous n'ayez pu l'admirer avant que votre horde de barbares malpropres et illettrés l'envahisse à dos de chameau, répliqua-t-elle.

Un murmure choqué parcourut la salle. Dastan la foudroya du regard. Ce n'était pas exactement ce qu'il avait voulu dire en lui conseillant de faire preuve d'un peu d'humilité.

– Mais merci de l'avoir remarqué, ajouta-t-elle.

Si les représentants de son peuple furent offensés, Sharaman ne le fut pas le moins du monde. Il trouva la jeune femme d'un courage téméraire et d'une grande noblesse... Les mêmes qualités qu'il avait décelées chez Dastan de nombreuses années auparavant. Cela lui donna d'ailleurs une idée.

– Oui, d'après ce que je vois, elle mérite de devenir reine. Mais Tus a suffisamment d'épouses.

Il regarda Dastan droit dans les yeux.

– Tu prendrais peut-être moins de risques si un tel joyau t'attendait dans tes appartements, Dastan! poursuivit-il. La Princesse d'Alamut sera donc ta première épouse. Qu'en penses-tu, mon fils?

Abasourdi, Dastan demeura bouche bée.

Sharaman se tourna vers les nobles de sa cour.

– Il affronte des centaines de dangers sans y réfléchir à deux fois, mais dès qu'il s'agit de mariage, il reste pétrifié de peur. Et certains prétendent que la sagesse ne fait pas encore partie de ses qualités!

Les nobles éclatèrent de rire, ainsi que Sharaman.

Quand soudain, son rire se transforma en hurlements de douleur.

– La robe, haleta Sharaman. Elle brûle!

Garsiv se rua vers son père dans l'intention de la lui ôter. Mais dès qu'il toucha le tissu incandescent, il retira ses mains qui se couvraient d'ampoules.

– Que Dieu vienne à notre secours! s'écria Nizam. La robe est empoisonnée!

Tout à coup, le visage de Garsiv refléta sa furie.

– C'est Dastan qui lui a offert ce vêtement!

– Père! cria Dastan tandis qu'il se jetait sur Sharaman et lui soulevait la tête.

– Dastan, marmonna le roi tout en regardant son fils dans le blanc des yeux. Pourquoi?

Tout en le berçant, Dastan chercha une lueur dans son regard, un souffle de vie…

– Père! Non!

Trop tard. Le roi Sharaman était mort. Avant que Dastan puisse comprendre ce qui venait de se passer, Garsiv se tourna vers les gardes.

– Capturez-le! ordonna-t-il sans perdre une seconde. Capturez le meurtrier avant qu'il ne s'échappe!

En un claquement de doigt, la salle se remplit de pas lourds tandis que les soldats écartaient la foule et s'avançaient vers Dastan. Comme paralysé, celui-ci ne réagissait pas. Il regardait le corps sans vie de son souverain et aucune explication ne lui venait à l'esprit.

Voyant le danger qui menaçait son chef, Bis se plaça entre lui et les soldats avec le courage qui le caractérisait. Il dégaina son épée.

– Cours, mon prince! hurla Bis pour le sortir de sa torpeur. Cours!

Dastan ne bougeait toujours pas. D'un geste déterminé, Bis le souleva par le col et le poussa avec force loin du corps – au moment où une lance lui transperçait le ventre. Dans un grognement, Bis s'effondra sur le sol. Le valeureux guerrier n'avait pas eu le temps de se défendre.

La mort de son ami le plus proche ranima finalement Dastan. Mû par la colère, il sortit la dague alamutienne et fendit les airs autour de lui tel un homme rendu fou par la douleur. Pendant un instant, il crut avoir le dessus mais un lâche l'attaqua par-derrière. Heureusement pour Dastan, la Princesse Tamina avait remarqué cet homme et le frappa sur le crâne avec un vase.

Retenue contre son gré dans la Grande Salle, elle avait été témoin de toute la scène. Elle ne pouvait pas laisser Dastan s'enfuir – ou perdre la vie – sans récupérer la dague auparavant. Si cela signifiait qu'elle devait lui apporter son aide, et bien elle n'hésiterait pas.

Surpris par le geste inattendu et courageux de Tamina, Dastan s'immobilisa. Momentanément. Il devait quitter ces lieux, et vite. Après avoir sauvé la princesse d'une lame s'abattant sur elle telle une faux, il examina la pièce dans l'espoir de trouver une issue de secours. La foule était trop dense pour s'échapper par la porte principale. Il devrait donc se rabattre sur la fenêtre.

Tirant Tamina par le bras, le Lion de Perse

sauta. Tous deux tombèrent dans un bassin rempli d'eau. SPLASH!

– Et maintenant? demanda Dastan quand ils se relevèrent.

Il n'en revenait pas qu'elle l'ait suivi. Était-elle à ce point désespérée d'éviter un mariage avec Tus?

– Vous occupez peut-être cette ville, répliqua Tamina. Mais vous ne connaissez pas ses secrets. Je peux nous sortir de là.

Pour une fois, Dastan prit le temps de réfléchir. Il ne voulait pas que Tamina le ralentisse. Cependant, elle connaissait Alamut mieux que quiconque et elle pouvait l'aider à s'échapper. Il leva les yeux vers le troisième étage où Garsiv les observait d'un air menaçant. Il acquiesça et suivit la princesse.

Ils traversèrent la cour au pas de course, et descendirent une ruelle qui menait aux écuries réquisitionnées par Garsiv et ses hommes. Rapides comme l'éclair, ils détachèrent tous les chevaux sauf un: Aksh, l'étalon le plus célèbre de toute la Perse, celui du roi autrefois, celui de Garsiv aujourd'hui, mais surtout le plus rapide.

Ils prirent le temps de l'équiper et quelques minutes plus tard, ils galopaient le long d'un tunnel secret qui serpentait sous Alamut.

Dastan se retourna pour vérifier qu'ils n'étaient pas suivis et fut heureux de constater que non. Quand il regarda à nouveau devant eux, il fut horrifié de voir qu'ils fonçaient droit sur une grille fermée.

Effaré, le prince contracta tous ses muscles en attendant la collision mais, avec une habileté surprenante, Tamina dégaina l'épée de Dastan, la fit tournoyer à droite de la tête du cheval et frappa un levier caché.

La grille s'ouvrit et Dastan poussa un petit soupir de soulagement quand Aksh sortit en trombe du tunnel. Bientôt, ils galopaient dans le désert, Alamut disparaissant peu à peu derrière eux dans la nuit noire.

Dastan et la princesse Tamina essaient de fuir la cité royale d'Alamut pour échapper à l'armée perse.

7

Dastan et Tamina chevauchèrent dans le désert pendant des heures et des heures quand finalement, ils décidèrent de s'arrêter au bord d'un cours d'eau. Dastan scruta l'horizon derrière eux ; personne ne les avait suivis.

Le prince connaissait bien son frère et il était hors de question que Garsiv envoie un groupe d'hommes à leur recherche avant les premières lueurs du jour. Pour l'instant, les deux fugitifs étaient en sécurité.

Ils ne dirent mot durant quelques minutes, le temps de reprendre leur souffle. Aksh en profita pour se désaltérer à la rivière. Le clair de lune projetait leur ombre sur l'eau ridée, l'air était frais. Quelques insectes stridulaient au loin.

Dastan plongea la main dans le courant et laissa l'eau rouler doucement entre ses doigts. Il baissa la tête car il n'était pas question que Tamina lise dans ses pensées.

– Dastan ? demanda-t-elle timidement.

Comme il ne lui répondait pas, elle répéta son prénom.

– Ce ruisseau est un affluent de la rivière qui traverse Nasaf, lui apprit-il. Ils utiliseront cette eau pour laver son corps.

Dastan parlait d'une voix douce mais sa douleur était palpable. Tamina le fixa un moment.

– Tu pleures le père que tu as assassiné ? s'étonna-t-elle.

Dastan leva brusquement la tête. Ses yeux brillants révélaient sa colère mais aussi son chagrin.

– Je n'ai pas assassiné mon père, déclara-t-il en insistant sur chacun de ses mots.

Tamina préféra se taire. Au fond de son cœur, elle savait qu'il ne mentait pas.

Au même instant, Dastan remarqua qu'elle était blessée au bras. Il entreprit de nettoyer sa plaie. Il aurait fait n'importe quoi pour oublier un peu sa tristesse. Il fouilla dans les sacoches en cuir du cheval et en extirpa un morceau de tissu qu'il utilisa comme pansement.

– C'était idiot de ta part d'ajouter mes ennuis aux tiens, remarqua-t-il.

– J'ai vu la manière dont tu me regardais quand cette lame était plaquée contre ma gorge, murmura-t-elle.

Sa remarque lui fit lever les yeux. Quelle surprise lui réservait-elle encore?

– Tu étais prêt à risquer ta vie pour moi, continua-t-elle. Je l'ai lu dans ton regard.

Elle parlait de leur première rencontre, quand Tus avait donné l'ordre au soldat de la tuer.

Instinctivement, Dastan se rapprocha d'elle.

– J'ai juré à mon frère que je t'ôterais la vie si un autre que lui devait te prendre pour épouse.

Tamina le dévisagea; l'atmosphère devenait presque romantique. Elle lui décocha un sourire aguicheur. Cherchait-elle à le séduire? Ce n'était pas possible…

– Quel cruel dilemme! commenta-t-elle. À l'évidence, la solution serait de m'embrasser puis de me tuer.

Elle s'approcha davantage; ses lèvres touchaient quasiment celles de Dastan.

– Mais j'ai une meilleure idée, poursuivit-elle. Je te tue et tes problèmes seront résolus!

Dastan éclata de rire mais Tamina ne plaisantait pas. Loin de là!

Elle ne flirtait pas avec lui parce qu'il lui plaisait! Elle cherchait à récupérer la dague!

Sa main effleura la ceinture de Dastan mais celui-ci fut plus rapide. Il lui donna une forte tape si bien que l'arme tomba sur le sol. Sans hésiter un seul instant, l'impétueuse s'empara d'une épée accrochée à la selle d'Aksh et l'agita dans tous les sens au-dessus d'elle.

Pour un soldat aussi aguerri que Dastan, son geste était plus drôle que menaçant. Il retint Tamina d'une main et ramassa la dague de l'autre.

– Peut-être pourrions-nous prendre le temps de réfléchir à une troisième solution? plaisanta-t-il.

Avec le pouce, il appuya sur la pierre précieuse sertie dans le manche. Un peu de sable blanc et brillant qu'il contenait se déversa.

Au moment où les grains luisants tombaient en pluie, le monde s'arrêta de tourner autour de lui. Le son et la lumière se déformèrent et soudain, tout parut revenir en arrière. La scène se rembobina au ralenti sans qu'il ne comprenne pourquoi. Quelle était donc cette magie?

Quand le mouvement rétrograde s'interrompit enfin, Tamina se penchait à nouveau vers lui.

– Mais j'ai une meilleure idée, dit Tamina... une nouvelle fois. Je te tue et tes problèmes seront résolus !

Elle répétait les gestes et les mots qu'elle avait utilisés trente secondes plus tôt ! Et elle ne semblait absolument pas s'en rendre compte ! Pourtant, nul n'avait la maîtrise du temps sur cette terre !

À nouveau, elle tendit la main vers le poignard et réagissant par réflexe, Dastan lui frappa la main. Mais cette fois-ci quand elle s'empara de l'épée attachée à la selle d'Aksh, il avait les idées trop embrouillées pour la repousser. Distrait, il ne la stoppa pas et elle lui taillada le ventre.

Il tomba genoux à terre, les mains croisées sur l'estomac. Du sang écarlate s'écoulait entre ses doigts. Si Tamina avait touché un organe vital, sa fin était proche.

– Rends-moi ce que tu m'as volé, profanateur perse ! exigea-t-elle, l'épée pointée vers la dague.

Il baissa les yeux et examina le précieux pommeau. Était-ce possible ?

– Non ! hurla Tamina à pleins poumons quand il appuya sur la pierre précieuse.

Une nouvelle fois, du sable s'écoula en pluie

fine de la poignée et le monde autour de lui fit marche arrière.

Ses douleurs au ventre disparurent comme par magie pendant le voyage dans le temps. Quand les derniers grains de sable tombèrent de la poignée, le temps reprit son cours.

– Mais j'ai une meilleure idée…, déclara Tamina pour la troisième fois.

Désormais, Dastan savait à quoi s'attendre. On ne l'y reprendrait pas ! Sans crier gare, il l'interrompit.

– Essaie encore de prendre cette épée et je te casse le bras !

– Encore ? l'interrogea Tamina, perplexe.

Aussitôt, elle regarda le poignard et constata que le manche était vide. Elle écarquilla les yeux, comme foudroyée. Il avait découvert le secret de la dague !

– Tu as utilisé tout le sable ! s'exclama-t-elle, au bord de la suffocation.

Dastan observa l'arme, appuya sur le pommeau mais cette fois-ci, ils ne remontèrent pas dans le passé.

– Tu m'expliques ? demanda-t-il.

Tamina ne lui répondit pas. Elle bouillonnait tant sa frustration et sa fureur étaient grandes. Il ne se contentait pas d'attaquer Alamut et de

bouleverser son existence, il modifiait maintenant le fil du temps.

– Incroyable! lâcha-t-il une fois qu'il eut mis
les pièces du puzzle en place. Lorsqu'on libère
le sable, le temps s'arrête et repart en arrière.
Seul le détenteur du poignard se rend compte
de ce petit miracle.

Il leva la tête pour vérifier si les éventuelles
réactions de la princesse confirmaient ses
conclusions.

– Le détenteur de l'arme peut retourner dans
le passé, modifier les événements, changer le
temps… et nul autre que lui n'en est conscient.

Tout en prononçant ces mots, il envisageait
les milliards de possibilités qui s'offraient à lui.

Dastan et Tamina ont trouvé refuge dans une oasis.
C'est là que la princesse lui révèle le pouvoir de la dague.

– Quel laps de temps peut-il m'accorder? demanda-t-il. Réponds-moi, Princesse!

– Tes frères et toi avez détruit ma ville, cracha-t-elle.

Pourquoi l'aiderait-elle? Et pour qui se prenait-il? Pensait-il qu'elle lui livrerait ces informations sur un simple claquement de doigt? Quel prétentieux personnage! pensa-t-elle.

Dastan secoua la tête.

– Selon nos renseignements, vous fournissez des armes à nos ennemis.

Tamina étouffa un rire.

– Ce sont les mensonges d'un espion perse.

Dastan réfléchit quelques instants à sa remarque. Peut-être avait-elle raison? Ils n'avaient pas d'autres preuves que celles apportées par l'espion. Personne d'autre que lui n'avait vu la caravane qu'il avait soi-disant interceptée. Par ailleurs, Tus et ses soldats n'avaient découvert aucune fabrique d'armes à l'intérieur de la citadelle.

– Notre invasion ne concernait pas ces forges.

Il s'agissait autant d'une question que d'un constat.

– Notre invasion visait cette arme, continua-t-il dans ses pensées.

– Quel prince intelligent ! s'exclama Tamina avec ironie.

– Après la bataille, Tus m'a demandé ce poignard en hommage à sa victoire…

Tout devenait clair à présent.

– Je n'y ai pas pensé sur le moment, mais c'était lui… Oui, Tus m'a remis le cadeau qui a tué notre père… poursuivit-il. Il ne va pas tarder à monter sur le trône de Perse. Avec cette dague, il pourrait changer le cours du temps à un moment critique d'une bataille. Il serait invincible. C'est Tus qui a manigancé cette sordide histoire !

Loin de là, dans le palais nouvellement confisqué d'Alamut, Tus faisait les cent pas. Il n'était plus prince héritier de Perse. Il portait à présent les robes dorées de roi.

Il avait rédigé un décret qui avait été recopié sur une centaine de rouleaux de parchemin. Ces rouleaux avaient été attachés à la patte de faucons messagers royaux qui devaient s'envoler vers les régions les plus éloignées de l'empire. Le message serait lu et affiché sur chaque place de village, dans chaque temple, chaque marché. Voilà ce qu'il disait :

Mes loyaux sujets, Cher peuple de Perse,

Sachez que mon cœur est aussi endolori que le vôtre depuis le décès de notre bien-aimé souverain, mon père. Que sa mort ait été infligée par la main de Dastan accroît notre chagrin.

Par conséquent, je double la récompense pour sa capture. Mon traître de frère doit être conduit devant la justice. Ce lâche paiera pour le crime odieux qu'il a commis, je vous le jure. Mon oncle Nizam et mon cher frère Garsiv n'imaginent pas un seul instant qu'il puisse en être autrement.

N'ayez crainte, notre bon roi Sharaman reposera bientôt en paix, auprès de ses ancêtres, avec tous les honneurs qui incombent à sa gloire. Aussi, j'invite tous nos sujets à pleurer sa disparition, à prier pour le repos de son âme. Soyez assurés que notre empire demeurera stable, dans les mains d'un chef déterminé, fier de son pays et fort de votre confiance.

Un nouveau règne commence.

Tus, roi de Perse

Tandis que les faucons royaux disparaissaient dans le ciel étoilé, le nouveau roi se tourna vers son garde du corps et lui donna une seule et unique instruction :

– Arrête les hommes de Dastan, ordonnat-il. Maintenant. Enferme-les dans un endroit où ils ne verront jamais plus la lumière du jour.

8

Cette nuit-là, Dastan et Tamina établirent un camp de fortune au bord du cours d'eau. Le jeune prince était trop perturbé par les événements de la journée pour dormir à poings fermés. Au bout de dix minutes d'un sommeil agité, il se réveilla en tremblant de tout son corps. Il ne cessait de revivre cette horrible soirée à Alamut. Son père était mort assassiné et tout le monde le tenait pour responsable de cet acte cruel. À l'origine de ce parricide, son frère Tus avait l'intention de le tuer à son tour. En quelques heures tragiques, le monde de Dastan s'était écroulé mais il n'était pas homme à baisser les bras comme cela. Aux premières lueurs du jour, il avait élaboré un plan.

Il fallait mettre un terme aux manigances de Tus et pour cela, Dastan avait besoin d'aide : il devait absolument entrer en contact avec son oncle Nizam.

Quand elle se réveilla, un peu courbaturée, Tamina fut surprise par le manège de Dastan. Il mettait une couverture en lambeaux et enroulait les morceaux de tissu autour des sabots d'Aksh.

– Qu'est-ce que tu fais ? lui demanda-t-elle entre deux bâillements.

– Garsiv ne doit plus être très loin, expliqua-t-il. Aksh est le cheval le plus célèbre de l'empire perse. Cette petite ruse rendra ses empreintes méconnaissables.

– Et où ce célèbre cheval va-t-il te conduire ?

– À la ville sainte d'Avrat où tous les rois perses sont inhumés. Mon oncle Nizam assistera forcément aux funérailles de mon père. Il est le seul en qui je peux avoir confiance. Il m'écoutera, il comprendra que j'ai été piégé par Tus.

Il glissa la dague dans sa ceinture puis grimpa sur le dos de l'étalon. La douleur et la frustration qui l'avaient tourmentées la nuit précédente s'étaient transformées en colère sourde et détermination farouche.

Tamina se posta devant Aksh.

– Ta tête est mise à prix pour le meurtre du roi, rappela-t-elle à Dastan.

Malgré une mauvaise nuit de sommeil et la ruine de sa chère citadelle d'Alamut, la princesse ne s'était pas départie de sa légendaire beauté ni surtout de son incroyable entêtement.

– Et tu as l'intention de te rendre à ses funérailles alors que des milliers de soldats perses seront présents ? C'est du suicide pur et simple !

– Écarte-toi, je te prie !

Mais Tamina ne l'entendait pas de cette oreille.

– Toutes les routes qui mènent à Avrat seront bloquées par des guerriers armés ! insista-t-elle.

Dastan lui sourit.

– Je n'en emprunterai aucune. Trop risqué. J'ai l'intention de traverser la Vallée des Esclaves.

Tamina écarquilla les yeux. Plaisantait-il ? Non, il paraissait sérieux. La Vallée des Esclaves était un désert terrifiant où abondaient autrefois des mines de sel géantes. Aujourd'hui, c'était le territoire des voleurs et des coupe-jarrets prêts à détrousser et trucider le premier intrus.

– Tu ne parviendras jamais à Avrat en un seul morceau, déclara-t-elle. En revanche, si tu veux mourir dans d'atroces souffrances, tu as trouvé la solution la plus rapide.

Les yeux brûlants de détermination, Dastan la toisa longuement.

– Combien de fois faut-il que je te le répète ? Mon frère a assassiné mon père. Il me fait porter la responsabilité de cet acte odieux. Si je dois mourir en essayant de laver mon honneur et de dénoncer le vrai coupable, qu'il en soit ainsi.

Ayant le caractère aussi borné et trempé que lui, Tamina savait qu'elle pourrait discuter avec lui des heures, elle ne le ferait jamais changer d'avis. Il parviendrait à ses fins quoi que cela lui coûte et il y laisserait sa vie s'il le fallait.

À vrai dire, la jeune femme ne s'inquiétait pas pour la sécurité de son compagnon d'infortune. Ni pour sa soif de justice. Elle s'inquiétait pour sa dague qui était encore coincée à la ceinture du prince. Elle n'avait pas réussi à mettre la main dessus la nuit précédente et elle n'allait pas abandonner si près du but. Elle ne le lâcherait pas d'une semelle tant qu'elle n'aurait pas récupéré son arme.

Que cela lui plaise ou non, elle se rendrait à Avrat avec lui.

Ils avançaient maintenant depuis plusieurs heures dans la Vallée des Esclaves. Il n'y avait pas paysage plus désolé sur Terre. Un soleil d'un rouge incandescent dardait ses rayons brûlants sur une mer de sable interminable aussi chaude que des braises.

Malgré ces conditions épouvantables, quelques hommes parvenaient à survivre et à traverser cette région digne des enfers. Parmi eux, on comptait d'anciens esclaves et des criminels venus se cacher. Ils savaient que personne n'oserait venir les chercher là pour les flanquer en prison. Mais la majorité des habitants de la vallée se composait de Bédouins, une tribu de nomades qui parvenait à vivre chichement à force d'arpenter cette étendue aride.

Au milieu du désert, à pas lents, deux Bédouins ordinaires effectuaient ce voyage ardu à travers la vallée. Du moins deux personnes qui avaient revêtu les habits traditionnels bédouins. Il s'agissait en fait de Dastan et Tamina qui avaient échangé leurs vêtements contre ceux d'un couple de nomades d'âge moyen, trop contents de cette belle transaction.

Région reculée ou non, ils ne pouvaient pas se permettre de porter l'un son armure flamboyante, l'autre ses robes chamarrées d'altesse. Ils courraient un grave danger si de rusés voleurs les repéraient, les jaugeaient et en concluaient qu'ils transportaient des objets de valeur. Pire encore si des bandits découvraient leur identité. Ils risquaient tout simplement leur vie si ces barbares étaient au courant de la récompense offerte pour la capture de Dastan.

Seuls dans un environnement hostile, ils ne pouvaient compter sur personne d'autre qu'eux-mêmes pour survivre. Et cela impliquait une chose : une entente cordiale. Ce qui n'était pas gagné d'avance.

– Les tissus rêches et les coutures grossières ne me gênent pas, gémit Tamina tandis qu'elle gigotait pour trouver une position confortable dans ces vêtements qui la démangeaient de toutes parts. C'est cette horrible odeur d'urine de chameau que je ne supporte pas !

Moqueur, Dastan ne put s'empêcher de blatérer. Il menait Aksh par les rênes et il s'arrêta assez longtemps pour prendre une profonde inspiration quand elle passa à côté de lui.

– Moi, je trouve que ce parfum capiteux te va bien, la complimenta-t-il.

Elle préféra ne pas répondre à son impolitesse.

Ils marchaient depuis un certain temps lorsque Dastan eut une idée. Il examina la dague au manche vide puis le sable du désert qui semblait s'étendre à l'infini. Est-ce que des grains de sables ordinaires feraient l'affaire ? se demanda-t-il.

Sans prévenir, il s'agenouilla et ramassa une poignée de sable qu'il vida dans le manche du poignard. Et s'il pouvait remonter dans le passé et effacer ce gâchis sans nom ?

– Sans le sable adéquat, remarqua Tamina avec un sourire narquois, ce n'est qu'un couteau comme les autres.

Persuadé qu'elle bluffait, il décida de l'ignorer. Il prit une profonde inspiration, appuya sur le pommeau et attendit.

Évidemment, il ne se passa rien, sauf que Tamina éclata d'un grand rire sonore.

– Ce sable… Tu en as d'autre ?

– Bien sûr que non, répliqua-t-elle.

Dastan la dévisagea longuement et chercha un indice prouvant qu'elle mentait.

– Comment puis-je m'en procurer ?

– Il faut que tu poses les mains bien à plat sur le sol, puis la tête, et enfin tu lèves les jambes très haut et tu retiens ta respiration pendant quinze secondes au minimum, déclara-t-elle avec un sourire narquois.

Il comprit alors qu'il était inutile d'argumenter avec cette tête de mule. Ce serait une énorme perte d'énergie alors qu'ils devaient économiser le peu qu'ils avaient.

Au lieu de la harceler pour finalement n'obtenir aucune information, il n'ouvrit pas la bouche et ils continuèrent d'avancer en silence.

Ce voyage dans le désert s'avérait éprouvant pour tous les deux, mais c'était Tamina qui souffrait le plus. Bien qu'il ne fût pas Bédouin, Dastan avait l'habitude de vivre dans le désert. Tamina, elle, n'avait jamais quitté sa luxuriante vallée d'Alamut.

– J'ai soif, protesta-t-elle.

Dastan roula des yeux puis lui jeta leur unique gourde.

Pendant qu'ils cheminaient doucement, Tamina eut le temps d'imaginer ce qu'il se passait dans la tête de Dastan. Elle voulait à tout prix reprendre la dague. Et pour cela, elle devait absolument comprendre la manière de penser de son adversaire.

– Si tu ne parviens pas à montrer à ton oncle comment la dague fonctionne, constata-t-elle l'air de rien, si tu ne lui apportes pas la preuve que le sable qu'elle contient permet de remonter le temps, penses-tu qu'il te croira simplement sur parole? Il ordonnera qu'on te jette dans le plus immonde des cachots en attendant ton exécution.

– Ce n'est pas ton problème, répliqua-t-il sèchement.

Fin de la conversation. Silence absolu.

Et à nouveau, Tamina le brisa:

– Tu sais? Tu marches vraiment comme eux. Tête haute, torse bombé, longues et lourdes enjambées…

Elle l'imita pour appuyer sa démonstration.

– Un vrai Prince de Perse satisfait de sa petite personne et n'en faisant qu'à sa tête. Un être qui se croit supérieur et piétine ceux qui osent le contredire.

Comprenant qu'elle cherchait à le pousser à bout, Dastan resta muré dans son silence.

– Ce comportement n'est pas étonnant quand on te répète que le monde t'appartient depuis ta naissance. Tu n'as pas d'autre choix que de le croire.

Finalement, Dastan en eut plus qu'assez. La coupe était pleine. Il pivota afin de la regarder droit dans les yeux.

– Je ne suis pas né dans un palais doré comme toi, entouré de personnes aimantes qui satisfont tous tes caprices, lui asséna-t-il. J'ai vu le jour dans les taudis de Nasaf. Je n'ai pas connu mes parents. J'ai eu faim, j'ai eu froid, j'ai eu peur. Mais j'ai survécu parce que je me suis battu bec et ongles contre cet univers hostile qui m'entourait.

Il lui laissa le temps de digérer l'information. Abasourdie, Tamina ne chercha pas à cacher ses émotions.

– Alors comment es-tu…

– Un jour que le roi passait par le marché, il m'a sauvé la vie, puis il m'a ramené chez lui et il m'a donné une famille, un foyer, répondit-il. Ce que tu méprises en ce moment, c'est la démarche d'un homme qui vient de tout perdre !

La gorge serrée, Tamina n'osa pas poursuivre. Il y avait davantage d'épaisseur et de qualités chez ce prince qu'elle ne l'aurait cru. Elle se demanda ensuite ce qui avait pu pousser le souverain de Perse, le roi Sharaman en personne, à ramasser un jeune vaurien dans les rues de sa ville. Il avait dû déceler quelque chose de particulier chez cet orphelin.

Par la suite, ils échangèrent peu de paroles

jusqu'à ce qu'ils croisent un groupe de squelettes attachés à des pieux.

– Qui… Qui sont ces gens? bredouilla
Tamina, la voix teintée par la peur.

Dastan désigna l'étendue désertique et
hostile devant eux.

– Il y a de nombreuses années, cette vallée
abritait la plus grosse mine de sel de tout l'empire. Jusqu'à ce que les esclaves se soulèvent
et tuent leurs maîtres.

Blêmissante, Tamina hocha lentement la
tête. Ces squelettes devaient être ceux des
maîtres.

– J'ai entendu dire qu'ils les ont ébouillantés
vivants, ajouta-t-il. Bienvenue dans la Vallée
des Esclaves, Votre Altesse.

La vue des ossements réduisit Tamina au silence pendant quelque temps. Elle essaya de
garder le rythme mais Dastan marchait d'un pas
constant et elle perdait peu à peu du terrain.

– Une goutte d'eau, haleta-t-elle.

– C'est plus que nous n'en disposons, Votre
Majesté. Vu que vous avez vidé notre gourde il
y a plusieurs heures de cela, répondit-il sur un
ton sarcastique, sans prendre la peine de se
retourner et de la regarder.

Il attendit une de ses réponses désagréables mais ne fut pas servi.

– Un miracle, se moqua-t-il. J'ai réussi à faire taire la princesse.

Hum, c'était trop silencieux. Quand il pivota, il constata qu'elle s'était effondrée. Elle devait être déshydratée à cause de la chaleur.

– Tamina! s'écria-t-il tout en se précipitant à côté d'elle.

Il la fit rouler sur le dos pour voir si elle avait complètement perdu conscience.

– Tamina, tu m'entends?

Il lui secoua les épaules pour la réveiller puis alla chercher une couverture pour lui surélever la tête.

La Princesse d'Alamut, elle, souriait. Elle lui avait joué un bon tour! Profitant qu'il lui tournât le dos, elle le frappa à la nuque avec un grand maxillaire qu'elle avait ramassé en douce et dissimulé sous son manteau.

Ahuri, Dastan se retourna, porta la main à sa nuque où une bosse grossissait à vue d'œil. Un quart de seconde plus tard, ses yeux roulèrent dans leurs orbites et il s'évanouit, face contre le sable.

– Oui, Dastan, répondit-elle sur un ton moqueur. Je t'entends.

Maintenant que Dastan avait perdu conscience, elle se dépêcha de prendre la dague à sa ceinture et de la glisser à la sienne. En quatrième vitesse, elle sauta sur le dos d'Aksh et d'un coup d'éperon, obligea le cheval à partir au galop.

Dastan n'avait pas la moindre idée du temps qu'il avait passé, gisant dans le sable sous le soleil accablant. Cependant, il savait qu'il reprenait doucement conscience et surtout qu'il n'était pas seul.

D'abord, il entraperçut une ombre qui passa au-dessus de lui. Puis une autre. Il ouvrit les yeux et les referma aussitôt à cause de la lumière bien trop vive. Des dizaines de questions se bousculaient dans son esprit. Où était Tamina? Il tenta d'entrouvrir les yeux.

Bien que la bosse à l'arrière de sa tête lui provoquait des élancements violents, sa vision devenait de plus en plus nette. Quand il fit la mise au point, il le regretta aussitôt.

Une douzaine d'hommes perchés sur des chevaux l'entouraient. Ils portaient un mélange de parures perses, de manteaux bédouins et d'autres styles indéfinissables. Tous arboraient un assortiment d'armes et aucun n'affichait le moindre signe de compassion pour cette pauvre âme errante, assoiffée et meurtrie, abandonnée comme un chien dans le désert.

Dastan n'eut pas besoin d'explication pour les reconnaître. Il s'agissait très probablement de ces esclaves assoiffés de sang qui donnaient leur nom à la vallée.

Alors que le jeune prince de Perse essayait de péniblement se relever, quelque chose se ficha dans le sol entre ses jambes avec un grand *swack*. Il posa les yeux sur l'objet, un couteau à trois lames orné de gravures africaines.

Il ne bougea pas davantage.

– Mon nom est Cheikh Amar. Sais-tu où tu te trouves, Perse? gronda une voix au-dessus de lui.

Dastan leva les yeux vers l'homme qui était apparemment le chef. Son visage était aussi buriné et creusé par les vents que les terres infertiles qu'il contrôlait. Dastan hocha la tête.

– Et pourtant tu es entré! grogna le chef.

Dastan choisit le silence en guise de réponse.

– Au cœur du Soudan, il existe une tribu de guerriers nommée Ngbaka, poursuivit Amar d'une voix rauque. Ils sèment la peur et la désolation partout où ils passent. Les Ngbakas sont passés maîtres dans l'art de lancer le couteau.

Amar fit signe à un des cavaliers de s'approcher. L'Africain portait en travers de la poitrine un ceinturon rempli de couteaux à trois lames. Il en serrait un autre dans sa main et était prêt à le lancer.

– Je te présente Seso de la tribu Ngbaka. J'ai eu la chance autrefois de lui sauver la vie, ce qui signifie qu'il me sera toujours redevable. Dis-moi maintenant, Perse qui est entré dans notre vallée sans invitation, y a-t-il une raison pour que je ne lui demande pas de lancer son couteau un petit peu plus haut?

Le Cheikh Amar et Seso font la loi dans la Vallée des Esclaves.

Dastan leva les yeux vers le guerrier et sourit. Oui, il y avait une raison et il se dit que Cheikh Amar serait très intéressé de l'entendre.

9

Assise sur le dos d'Aksh, le célèbre pur-sang du défunt roi Sharaman, Tamina s'engagea dans un étroit canyon de pierres et de sable. Elle vérifia la position du soleil dans le ciel afin de s'assurer qu'elle avançait toujours dans la bonne direction. Le Temple des Gardiens se cachait dans les montagnes, plus au nord. Personne d'autre qu'elle ne connaissait son existence, et donc son emplacement. La dague au pommeau serti de pierres serait en sécurité là-bas.

Elle s'arrêta quelques instants pour qu'Aksh se repose et en profita pour dégainer le poignard et l'examiner de plus près. Sa poignée en verre était vide, mais autour du cou de la jeune femme, une petite amulette remplie de sable luisant pendait au bout d'une chaîne. Dastan avait eu raison de douter de sa parole et elle avait eu raison de ne pas lui faire confiance.

Elle s'apprêtait à verser du sable dans le manche quand un groupe de chevaliers dissimulés par des capes surgit de tous côtés et la piégia.

Rapide comme l'éclair, elle glissa l'amulette sous son vêtement, contre sa peau et chercha un moyen de leur échapper. Aucune issue ne s'offrait à elle.

Perché sur son cheval, Cheikh Amar s'approcha à pas lents de la princesse et l'étudia de la tête aux pieds. Après un bref coup d'œil, il sourit puis fit un signe à un autre cavalier. Celui-ci baissa son capuchon et révéla son visage. Dastan! Le scélérat! Le traître!

– Tu as raison, déclara Amar au prince. Elle n'est pas mal. Pourrait sentir meilleur que l'urine de chameau mais nous avons conclu un marché, n'est-ce pas?

Un grand sourire aux lèvres, Dastan approcha son cheval de la princesse et s'empara de la dague à sa ceinture.

– Très intelligent, remarqua-t-il sur un ton mordant.

Choquée, Tamina n'en revenait pas que Dastan se soit servi d'elle comme un objet de négoce, comme un simple... chameau !

Ils s'éloignèrent du canyon et traversèrent une partie du désert pour atteindre le site d'une mine de sel abandonnée. Ils pénétrèrent dans la mine par un tunnel.

– Quel noble prince, marmonna Tamina entre ses dents tandis qu'ils marchaient. Prêt à risquer sa vie pour sauver la belle demoiselle en détresse.

Dastan la regarda de la tête aux pieds.

– Qui a dit que tu étais une belle demoiselle ?

Bouillonnante de colère, Tamina en bredouilla presque :

– Alors pourquoi ne me quittes-tu pas des yeux ?

Dastan faillit éclater de rire.

– Je ne te fais pas confiance, lui répondit-il simplement à voix basse.

Ils poursuivirent leur marche. Les parois émettaient des grondements déconcertants et, soudain, ils entendirent des cris plus en avant. Profitant de cet instant opportun où l'attention du Cheikh et de ses hommes était accaparée ailleurs, Dastan poussa Tamina sur le côté et tendit la main vers son cou. D'un geste

97

brusque, il lui arracha son amulette. Quand il l'ouvrit, il constata qu'elle était pleine de sable luisant. Satisfait de sa découverte, il en profita pour remplir la dague.

– Quand mon oncle verra le pouvoir de cet incroyable poignard, il comprendra que cette histoire d'invasion n'était qu'une vaste super-cherie et la prise d'Alamut une effroyable er-reur. Merci beaucoup, Votre Altesse.

Contrariée, Tamina serra les poings. Dastan n'avait aucune idée du pouvoir qu'il détenait entre les mains. Une fausse manœuvre et il pouvait changer le cours de l'humanité tout entière.

– Cette dague est sacrée, essaya-t-elle de lui expliquer, à voix basse. Elle n'a jamais quitté Alamut auparavant. Nous avons le droit de nous en séparer dans un cas et un seul : si Alamut est assaillie par des barbares sangui-naires. Et c'est ce qui s'est produit. Dastan... si jamais la dague tombait entre les mains de personnes malintentionnées...

Le prince de Perse leva la main pour la faire taire.

– Avec moi, ton poignard sera en sécurité. Aie confiance !

– Cet objet appartient aux Dieux, insista-t-elle. Pas aux hommes.

Tandis qu'ils discutaient, les compagnons d'Amar les conduisaient toujours plus loin dans les méandres du tunnel. À présent, ils distinguaient mieux les grondements. Il s'agissait de cris de joie, d'encouragement et d'applaudissements frénétiques. Avant que Dastan n'ait eu le temps de réagir, Tamina fut soulevée par un colosse et emportée loin de lui. Elle eut beau donner des coups de pied, de poings et crier, il ne la déposa pas à terre. Estimant que le moment était très malvenu pour intervenir, Dastan choisit de ne pas bouger. Il verrait plus tard.

Finalement, ils atteignirent les entrailles de la vieille mine et là, Dastan n'en crut pas ses yeux. Face à lui, le cœur de la mine avait été transformé en piste où des autruches de compétition couraient pendant que des spectateurs pariaient sur leurs performances.

– Des courses d'autruches? demanda Dastan.

– Tous les mardis et tous les jeudis, expliqua Amar. La beauté n'est pas leur fort, alors elles compensent par un besoin irrépressible de se battre. Et puis les courses ne sont pas difficiles à organiser.

Après toutes les histoires plus terrifiantes les unes que les autres qu'il avait entendues sur la Vallée des Esclaves, il ne s'attendait pas à une cache pour paris illégaux.

– Tu pensais trouver quelque chose de plus... scabreux, jeune Perse ? lui demanda Amar dans un gloussement.

– J'ai entendu quelques histoires... ! répondit Dastan en secouant la tête.

– Les esclaves assoiffés de sang qui ont assassiné leurs maîtres en les ébouillantant ? Il ne faut pas écouter tout ce qu'on raconte ! C'est une histoire superbe, mais hélas, elle a été inventée de toutes pièces.

– Et les squelettes que nous avons vus au milieu du désert ? Ils ne sont pas faux, eux.

– Je les ai achetés à un tsigane à Boukhara. J'ai fait naître cette horrible réputation afin d'éloigner les petits curieux mais aussi les méchants percepteurs d'impôts qui s'aviseraient de pénétrer sur ces terres hostiles. Et crois-moi, ils ne sont pas prêts de venir jusqu'ici.

Amar éclata de rire avant de regarder la foule.

– En tout cas, ceux-là n'ont pas eu peur ! Et puis ce ne sont que de petits combats sans importance, avec un peu de sang qui coule et quelques plumes qui volent.

Soudain, comme si une pensée venait de lui traverser l'esprit, il dévisagea Dastan puis Tamina, et Dastan à nouveau.

Ce dernier avait enfin compris quel rôle les nomades avaient attribué à la princesse. Les tribunes étaient remplies de jolies jeunes femmes qui servaient rafraîchissements et collations aux spectateurs. Parmi elles, il aperçut Tamina qui portait une tenue légère et aguichante. Peut-être Dastan avait-il conclu trop vite son marché avec le Cheikh…

– C'est bizarre, jeune Perse, remarqua Cheikh Amar, interrompant Dastan dans ses pensées. On t'a déjà dit que tu ressemblais comme deux gouttes d'eau au prince déchu qui a fui après avoir assassiné le roi son père?

Dès qu'il vit une étincelle dans le regard de son hôte, Dastan comprit que lui et ses acolytes avaient deviné son identité dès le départ et l'avaient conduit dans ce traquenard. Il fit volte-face pour prendre ses jambes à son cou mais un couteau vola dans les airs et cloua son manteau contre un poteau en bois.

Seso regardait Dastan avec un sourire éclatant.

– Ça m'étonne, je croyais t'avoir parlé des Ngbakas dehors… ironisa Amar.

– Oui, oui, je sais. Cette tribu est très douée dans le lancer du couteau. Deuxième fois que j'en ai la preuve, merci, répondit Dastan en colère de s'être fait duper.

Amar secoua la tête quelques instants.

– Ton frère Tus a offert une forte récompense pour ta capture, tu sais ? Si forte qu'entre nous, c'est limite obscène une somme pareille. Je vendrais ma pauvre vieille mère pour avoir cet or.

Amar se tourna vers ses hommes et leur ordonna :

– Conduisez-le immédiatement à l'avant-poste perse ! Je ne le répéterai pas deux fois.

Seso s'approcha de Dastan et prit le poignard mystique à sa ceinture.

– Joli couteau, grommela l'immense guerrier ngbaka avant de le lancer à son chef.

Le Cheikh l'examina sous toutes les coutures puis le tendit à l'un de ses hommes.

– Fais-le fondre et récupère les pierres précieuses, lui indiqua-t-il.

Près du parc où étaient enfermées les autruches entre deux courses, Tamina assista à toute la scène. Elle serra les dents quand sa dague passa de la ceinture de Dastan aux mains du Ngbaka, puis du Cheikh, puis du sbire. Ce n'était pas possible. Cette évasion tournait au cauchemar. Soudain, elle eut une idée : elle donna un grand coup de pied dans la porte et libéra les autruches qui, prises de folie, se mirent à courir au milieu de la foule affolée.

Pendant que régnait une confusion sans nom, Dastan en profita pour fausser compagnie à Amar et parvint à remettre la main sur la dague... et Tamina. Ensemble, ils traversèrent la piste en courant, laissant un tohu-bohu effroyable derrière eux, tandis que des bagarres éclataient çà et là entre les spectateurs et que certains dégainaient leurs armes.

– Le tunnel ! cria Tamina en désignant le long couloir obscur qui menait à la surface.

Avec Amar et ses molosses aux trousses, les deux fugitifs parvinrent à bout de souffle à une grille fixée dans les parois du tunnel. Dès qu'ils furent passés, Tamina actionna un levier, la grille se referma dans un grand fracas, laissant leurs malheureux poursuivants impuissants, de l'autre côté.

Dastan et Tamina étaient à nouveau réunis par nécessité et condamnés à s'entendre. En compagnie d'Aksh, ils traversèrent la Vallée des Esclaves sans plus d'encombres, malgré un soleil accablant et une peur tenace d'être pistés. Aucun serpent, aucun scorpion ne vint troubler leur voyage silencieux et pourtant, nombre d'entre eux, assoupis derrière une grosse roche ocre ou enfouis dans le sable caillouteux devaient être dérangés par ce mouvement inhabituel. Finalement, ils atteignirent un plateau où ils aperçurent Avrat, la cité funéraire de l'Empire perse.

De leur position en surplomb, ils jouissaient d'une vue imprenable sur l'interminable file de sujets venus présenter un dernier hommage à leur souverain bien-aimé. La colonne serpentait depuis le désert jusqu'aux portes de la ville.

– Ils sont venus assister aux funérailles de mon père, remarqua Dastan avec une pointe de tristesse dans la voix.

– Il y a plusieurs milliers de Perses ! s'étonna la princesse. Et je ne compte pas la centaine de soldats qui surveillent les portes.

La situation était désespérée. Il ne leur restait plus qu'à faire demi-tour.

– Il existe un Temple des Gardiens dissimulé dans les montagnes à l'écart d'Alamut, continua Tamina. Seuls des prêtres connaissent son emplacement. C'est le seul endroit où la dague sera en sécurité. Et nous par la même occasion.

Dastan ignora la jeune femme. L'entêtement du jeune prince la rendait folle. Puis quand elle vit le déluge d'émotions qui passaient sur son visage, elle décida de persévérer. Peu importe ce que cela lui en coûterait.

– Dastan, murmura-t-elle. Tu as dû te poser la question des millions de fois… Pourquoi crois-tu que ton père t'a sauvé d'une vie de misère dans la rue autrefois ?

Enfin, Dastan se tourna vers elle. Tamina avait rétabli le contact.

– Je suppose que son cœur lui a dicté de le faire, répondit-il.

– À mon avis, c'était quelque chose de plus grand que l'amour. Les dieux ont de grands projets pour toi : un destin !

Dastan bascula la tête en arrière et éclata de rire.

– Je crois en ce que je peux tenir dans mon poing et voir avec mes yeux. Je crois en ce sol que je foule et en l'air que je respire.

Tamina poussa un long soupir d'exaspération. Elle n'obtiendrait rien de lui. Elle ne parvenait pas à fêler sa carapace et encore moins à la briser. Par ailleurs, ils manquaient de temps.

Entrer dans la ville ne donnerait absolument rien de bon, elle en était persuadée. Et encore fallait-il franchir les portes placées sous haute protection…

– Je t'en supplie. Arrête de penser à ta vie d'avant et pose-toi la seule question qui vaille la peine d'être posée : Qu'es-tu censé faire maintenant ?

Elle n'avait plus aucun argument à avancer. Dastan devrait prendre sa décision selon ce que sa conscience lui dictait. Il demeura silencieux tandis que les paroles de Tamina se frayaient un chemin dans son cerveau. Elles lui rappelèrent son père et les derniers mots qu'il avait prononcés avant de mourir dans d'atroces souffrances. Était-il capable de devenir un grand homme ? Pour le savoir, il avait besoin de son oncle Nizam.

– Si tu ne veux pas perdre de vue ta précieuse dague, l'informa-t-il après avoir chassé de son esprit l'image de son père mourant, il va falloir que tu m'aides à entrer dans Avrat.

Tamina n'avait pas le choix. Elle irait à Avrat, qu'elle le veuille ou non.

10

Aussi dangereuse que fût la Vallée des Esclaves, pénétrer en catimini dans Avrat était encore plus terrifiant. Il y avait des soldats absolument partout et si quelqu'un reconnaissait Dastan ou Tamina, ils seraient capturés sur-le-champ ; auquel cas, ils ne donnaient pas cher de leur peau.

Avec une audace ahurissante, Dastan remonta la procession et parvint à glisser un mot sous la selle du cheval de son oncle pendant que Tamina cassait des noisettes et les offrait à un dignitaire particulièrement gros.

La note indiquait à Nizam de rejoindre Dastan dans une écurie isolée près de l'entrée du bazar. Quelques heures plus tard, son oncle

109

arriva comme convenu. Pour plus de précautions, Tamina resta cachée dans l'ombre car elle ne souhaitait pas perdre une miette de leur conversation.

– Tu n'aurais pas dû me donner rendez-vous ici! déclara Nizam sur un ton sec, quand il vit son neveu sortir à la lumière.

– Je n'avais pas le choix, mon oncle, répondit Dastan, soulagé de voir le visage familier du vieil homme. Je n'ai pas tué mon père. Vous savez que je ne ferais jamais une chose pareille. Plutôt mourir!

– Tes actes indiquent pourtant le contraire, répliqua Nizam, loin d'être convaincu.

– Il fallait que je m'enfuie d'Alamut. C'est Tus qui m'a donné le manteau du Régent, en hommage à notre père après la prise de la citadelle. Le tissu a été empoisonné de sa main.

Nizam écoutait sa version de l'histoire d'un air sceptique. Cette théorie lui paraissait un peu tirée par les cheveux.

– L'invasion d'Alamut reposait sur un sinistre mensonge! poursuivit Dastan. Tus a soif de pouvoir! Contrairement à ce qu'il affirme, il ne cherche pas des forges susceptibles de fournir des armes à nos ennemis. Il veut du sable pour alimenter un instrument mystique.

Nizam plissa les yeux.

– C'est pour me dire ça que tu m'as fait venir ici, Dastan ? Un instrument mystique ?

Alors que sa voix reflétait son mépris et son incrédulité, ses yeux trahissaient sa curiosité grandissante.

– La dague est l'unique raison pour laquelle notre armée a envahi Alamut, affirma Dastan.

Il s'enflammait à l'idée de prouver son innocence une bonne fois pour toutes. Il plongea la main gauche dans la manche opposée de son manteau et sortit un petit paquet. Quand il le déballa afin de montrer l'arme magique à son oncle, le poignard ne s'y trouvait pas. L'astucieuse Tamina l'avait remplacé par son casse-noisettes.

– C'est une plaisanterie ? s'exclama Nizam, courroucé.

– Je l'avais moi-même enveloppée dans ce linge, lui jura Dastan.

– Alors, dis-moi où est cette preuve irréfutable de ton innocence ? l'interrogea son oncle. Tu me fais perdre un temps précieux le jour où tu m'obliges à dire adieu à mon frère bien-aimé. Tu oses venir jusqu'ici, à Avrat, alors que tu n'es pas digne de fouler la terre de tes ancêtres et tu voudrais que je croie tes

111

mensonges éhontés? Alors, oui, apporte-moi une preuve ou j'appelle les soldats pour qu'ils procèdent à ton arrestation.

L'agitation de Dastan grandissait à vue d'œil. Il avait beau réfléchir à toute allure, il ne trouvait pas d'autre moyen de convaincre son oncle qu'en lui montrant le poignard. Il se tourna vers la coupable de ce dernier revers… Tamina ne montait plus la garde derrière lui. Il ravala un grognement de rage. Elle avait subtilisé le poignard et se rendait à présent au Temple des Gardiens! Soudain, un détail lui sauta aux yeux.

– Vos mains, mon oncle! Elles sont brûlées!

– Oui, je me suis blessé quand j'ai essayé d'arracher le manteau à ton père.

Dastan se remémora ces derniers instants tragiques. Chaque seconde de la terrible scène serait gravée à jamais dans sa mémoire. À aucun moment son oncle ne s'était approché de Sharaman. Il n'avait pas tenté de lui enlever son manteau… Il mentait! Le poison n'avait pu lui abîmer les mains que d'une seule manière: lui et lui seul avait empoisonné le manteau du Régent enfilé par Sharaman.

– Quelque chose ne va pas, Dastan? demanda Nizam, l'air innocent.

Mille pensées jaillissaient dans l'esprit du jeune prince : il s'était trompé au sujet de son frère Tus. C'était Nizam le traître, le félon, l'assassin de son propre frère. Et dire que Dastan venait de révéler la conspiration à celui qui en était l'instigateur ! Dastan gagna la porte à grandes enjambées. À cet instant, une flèche lui effleura le flanc. Au-dehors, des dizaines de soldats bandaient leurs arcs dans sa direction. Nizam lui avait tendu un piège grossier.

Cette fois-ci, Dastan ne pouvait pas compter sur l'aide de Tamina, comme à Alamut. Mais il n'en avait pas besoin. Avrat était une cité royale appartenant à l'Empire perse, une ville que tout prince de Perse connaissait dans ses moindres recoins.

À toute vitesse, il bondit sur les toits. Là-haut, il pouvait circuler avec une facilité déconcertante et surtout semer les soldats incapables de le suivre ailleurs qu'en contrebas, au niveau de la rue. Comme à l'époque où il n'était qu'un messager pouilleux vivant parmi les immondices, Dastan courut sur les toitures d'Avrat avec la même habileté et la même hardiesse. Les archers décochèrent des dizaines de flèches dans sa direction mais, grâce à son étonnante rapidité, il parvint à les éviter et même à en attraper deux en plein vol. Ce fut une excellente idée car il put s'en servir d'armes quand il redescendit dans les rues affairées et dut affronter les soldats dans un violent corps à corps.

Sans prendre le temps de se retourner, Dastan se faufila à grande vitesse entre les étals du bazar, zigzagua parmi les clients et les promeneurs tandis que les soldats continuaient de le talonner. Il se remémora son enfance passée dans les rues de Nasaf. À l'époque, il avait survécu grâce à la nourriture qu'il volait au gré de ses périples et elle était rarement de première qualité. Déjà débrouillard, il s'arrangeait pour être en avance sur les ennuis et semait la génération précédente de soldats. Aujourd'hui, il ne lui restait plus qu'à se montrer aussi astucieux !

C'était sans compter sur un homme qui n'avait pas l'intention de laisser échapper sa proie : Garsiv. Mis dans la confidence par Nizam, Garsiv n'avait pas perdu de temps pour passer à l'action. Contrairement à son petit frère des rues, il avait consacré sa jeunesse à s'entraîner et à se battre. Ensuite, quand Dastan était entré dans sa famille, ils avaient poursuivi leur formation au combat et aux armes ensemble.

En fait, Garsiv connaissait chaque mouvement et chaque tactique de Dastan et comptait bien profiter de cet avantage. En outre, en tant que prince de Perse, il savait lui aussi se repérer les yeux fermés dans le dédale de ruelles d'Avrat.

Garsiv bouillonnait d'une colère noire depuis que Dastan avait désobéi aux ordres et organisé un raid sur Alamut. De plus, il mourait d'envie de venger leur père lâchement assassiné. Par conséquent, quand les deux frères finirent par se retrouver, Garsiv était prêt à donner à Dastan une dernière leçon de vie et de... mort.

Au début, Dastan essaya de parer les coups de Garsiv avec son épée, mais la hache de son aîné était trop puissante et surtout, il la maniait avec trop d'adresse. S'il souhaitait s'en sortir en un seul morceau, Dastan se dit qu'il devait se montrer plus malin que son adversaire.

En désespoir de cause, il se hissa sur un escalier en bois sculpté installé dans la cour. À chaque balancement de hache, la fureur de Garsiv croissait et la puissance de ses coups s'intensifiait. En vérité, il frappait si fort que des morceaux d'escalier volaient dans toutes les directions.

– Nous ne nous affronterons plus avec des bâtons, petit frère, remarqua Garsiv sur un ton menaçant.

– Je n'ai pas tué notre père! cria Dastan. Crois-moi, je t'en supplie!

– Alors Dieu te pardonnera, gronda Garsiv, la rage au ventre. Une fois que ta tête aura roulé dans la sciure de cet escalier.

Garsiv s'avança pour lui asséner le coup fatal. Mais au dernier moment, Dastan parvint à s'esquiver; la hache se planta dans le bois et resta coincée.

Incapable de retirer son arme de bûcheron, Garsiv était à présent piégé et vulnérable. Dastan s'empara d'un étai, prit appui contre le mur et effectua un soleil dans les airs avant de donner un coup violent sur la tête de Garsiv.

À demi assommé, son frère s'écroula sur le sol. Il était persuadé que Dastan allait l'achever. Mais jamais son petit frère ne commettrait pareil crime. Il aimait Garsiv et il était hors de question de lui ôter la vie. Par ailleurs, il ignorait les infamies de leur oncle et le traquenard dans lequel tous étaient tombés, les uns après les autres.

Après un dernier regard, Dastan lui tourna le dos et s'enfuit à toute allure de la ville. Son

116

cœur se brisait à chaque pas qui l'éloignait de ses frères adorés mais aussi de ce vil Nizam. Il fallait qu'il retrouve Tamina et la dague le plus tôt possible. Dastan n'avait plus qu'un but désormais : prouver son innocence.

Étourdi, Garsiv n'en revenait pas que son frère l'ait battu… une nouvelle fois. De colère, il fit les cent pas autour de la tente de réception royale pendant que Nizam dînait avec des couverts somptueux.

– Il ne quittera pas la cité, déclara Garsiv.

D'un calme absolu, Nizam avala une bouchée avant de répondre :

– Je suis sûr qu'il est à des kilomètres d'ici.

Le vieil homme avait probablement raison. Pourquoi Dastan – dont la tête était mise à prix – errerait-il dans cette ville noire de citoyens endeuillés et de soldats aux aguets ?

– J'ai failli à la mission que vous m'aviez confiée, mon oncle, s'excusa Garsiv.

– Allez, fais-moi plaisir. Mange quelque chose, lui demanda Nizam.

Il lui montra son assiette remplie de mets délicieux qu'il n'avait pas touchés. Garsiv fit non de la tête. Ce combat minable lui avait coupé l'appétit.

– Je me demande… poursuivit-il. Pourquoi Dastan a-t-il osé venir à Avrat en sachant que le danger le guettait à tous les coins de rue ?

– Je me posais exactement la même question, tonitrua une voix derrière lui.

Les deux hommes levèrent la tête et assistèrent à l'entrée en trombe du jeune souverain Tus. Il resplendissait dans les atours du Roi de Perse.

– Tu n'avais pas décidé de rester à Alamut ? s'étonna Garsiv, abasourdi par l'apparence éclatante de son frère.

Tus lui fit un clin d'œil entendu.

– Changer d'avis fait partie des privilèges du roi, vois-tu !

– Quelle merveilleuse surprise, s'exclama Nizam qui décocha un sourire forcé.

– Parlez-moi de Dastan, mon oncle, ordonna Tus. Je veux tout savoir de l'incident d'aujourd'hui.

Nizam secoua la tête en signe de déception.

– J'espérais t'épargner ce triste épisode et ses sordides détails, mon roi.

Il regarda droit dans les yeux son neveu avant d'administrer le coup final :

– Dastan espère rassembler assez de partisans autour de lui et provoquer une rébellion.

118

– Il convoite le trône ? s'étrangla Tus.

Sa surprise était d'autant plus grande que jamais Dastan n'avait mentionné le regret de ne pas porter la couronne un jour.

– J'en ai bien peur, mon seigneur, marmonna Nizam. C'est difficile à dire car Dastan est mon neveu, comme vous l'êtes tous les deux ; jusqu'à présent, il ne m'avait apporté que fierté et joie. J'aime ce petit de tout mon cœur…

Nizam se tut quelques secondes avant de reprendre, la gorge nouée :

– Oui, je crains qu'un procès ne lui serve de tribune et n'attire les foules. Il est capable d'hypnotiser le peuple et de le retourner contre toi, majesté. Mon conseil serait d'éviter tout bonnement le procès…

Voilà qui parut bizarre à Garsiv. Il ne put s'empêcher de lancer un regard interrogateur à son frère. Tus hocha la tête. Lui aussi avait remarqué l'étrangeté de ce discours.

– Vos conseils nous seront toujours très précieux, mon oncle, répondit Tus avec la politesse et la diplomatie qui le caractérisaient. Mais quels que soient les crimes de notre frère, un procès public informera davantage la Perse sur le roi que je souhaite devenir. Je suis un souverain fort qui honore les lois et respecte chaque individu de son Empire, bon ou mauvais.

Nizam demeura muet un long moment puis finit par sourire.

– Jour après jour, tu règnes avec davantage de sagesse et de pertinence, mon neveu, déclara-t-il.

– Grâce à vous et à vos conseils éclairés, mon oncle, ajouta Tus qui se tourna ensuite vers son frère : il faut trouver Dastan dans les plus brefs délais. Il doit être conduit devant la justice, telle est ma volonté.

Garsiv secoua la tête en signe d'assentiment. Il était hors de question que Dastan lui échappe une nouvelle fois.

11

Dastan ne s'attendait pas à ce que ses recherches pour retrouver Tamina et la dague
durent aussi peu longtemps et soient aussi
faciles. Au milieu du désert, il tomba sur des
empreintes de chameaux laissées par des nomades bédouins. Il semblait que les animaux
avaient piétiné un long moment au même
endroit. Le fait de rencontrer de telles traces
n'était pas inhabituel car les Bédouins effectuaient des milliers de kilomètres dans ces
étendues désertiques. Un détail insolite attira
l'attention de Dastan : les empreintes d'un chameau en particulier.

Contrairement aux autres qui avançaient
en ligne droite, ces quatre-là changeaient

fréquemment de direction, reculaient, partaient à gauche sans raison valable. Un des cavaliers n'avait à l'évidence pas l'habitude de diriger un chameau.

Et Dastan avait sa petite idée sur l'identité de cet intrus – ou plutôt de cette intruse.

Sûr de lui, il suivit la piste jusqu'au bout de la nuit. Il ne s'accorda pas une minute de sommeil et au petit matin, il arriva à une oasis perdue au milieu de nulle part. Là, il découvrit une personne assoupie à même le sol.

Tamina.

– Où sont passés tous les membres de la tribu ? demanda-t-elle, paniquée quand elle se réveilla et s'aperçut qu'ils l'avaient abandonnée.

– Les Bédouins se mettent en marche de très bonne heure, expliqua-t-il avec un sourire. Surtout quand ils souhaitent se débarrasser d'un fardeau. À en juger par les empreintes que j'ai suivies, tu les ralentissais. Estime-toi heureuse qu'ils t'aient laissée au bord d'une oasis et pas au beau milieu d'une mer de sable.

Tamina ferma les yeux et prit une profonde inspiration.

– Je n'avais pas le choix, Dastan. Il fallait que je quitte Avrat, expliqua Tamina. Vu ta présence ici et ton air défait, j'en conclus que ton oncle n'a pas cru en ta version du meurtre. Au moins, il t'aura écouté.

La mine dégoûtée, Dastan secoua la tête.

– Si tu savais… C'est pire que tout ce que j'avais pu imaginer. Pendant que nous discutions dans l'écurie, j'ai remarqué que ses mains avaient été brûlées. Il a prétendu s'être blessé en essayant de retirer le manteau qui a tué mon père.

Dastan inspira à nouveau profondément avant de reprendre son récit. Tamina l'écoutait d'une oreille attentive.

– J'ai repassé la scène dans ma tête une centaine de fois. Mon oncle n'a pas bougé d'un pouce, il n'a pas touché le manteau.

À son tour, Tamina se remémora le banquet auquel elle assistait malgré elle et hocha la tête. Nizam ne s'était effectivement pas approché de Sharaman.

– Alors d'où viennent ses brûlures ?

– Je suis à présent convaincu qu'il a manipulé le manteau avant la réception. Ce doit être lui l'empoisonneur. Ce n'était pas Tus, comme je le croyais hier encore. C'est Nizam le coupable. Reste à comprendre les raisons de son geste.

Dastan scruta l'horizon par-delà les dunes

chatoyantes. La douleur se lisait sur les traits de son visage.

– Je suis désolée, Dastan, finit par murmurer Tamina avec sincérité.

– Je croyais qu'il aimait mon père, affirma le prince dans un soupir. Mais non, il le haïssait, comme il détestait sa vie de frère du roi. Il voulait la couronne pour lui tout seul. Il ne voulait plus rester dans l'ombre.

Malgré ces premières conclusions, Dastan ne comprenait toujours pas ce qu'apportait à Nizam le fait d'assassiner Sharaman. Le trône ne lui revenait pas puisque Tus était le prince héritier, le descendant direct du souverain de Perse. À quoi toute cette violence avait-elle servi ? Il dévisagea la princesse.

– Qu'as-tu oublié de me dire ? demanda-t-il.

Il manquait une pièce au puzzle.

Elle demeura silencieuse et se contenta de désigner un point derrière Dastan. Une tempête de sable s'élevait au loin et à première vue, elle fonçait droit sur eux.

Profitant du fait que Tamina était distraite, Dastan lui reprit subrepticement la dague. Puis il la brandit devant elle.

– Si tu veux que je te la rende, tu dois tout me dire. Plus de mensonges entre nous.

Le regard de Tamina se posa sur Dastan, puis sur la tempête, avant de revenir sur le jeune homme. À maintes reprises, il ne lui avait pas laissé le choix… Elle acquiesça donc.

Avant que la princesse ne passe aux aveux, Dastan obligea Aksh à se coucher sur le sol et se servit de la couverture de la selle et de son épée pour fabriquer une tente temporaire qui les abriterait tous les trois.

Tandis qu'ils étaient recroquevillés l'un contre l'autre, Dastan tourna la tête vers Tamina. Fidèle à lui-même, il insista pour obtenir des réponses.

– Je sais que Nizam a besoin de la dague. Il a demandé à notre armée de fouiller Alamut et de chercher un sable bien particulier. Mais je sens qu'il y a autre chose. Quel secret peut bien être enfoui sous ta cité, Tamina ?

Tamina plongea son regard dans le sien et décida de lui faire confiance, même si elle devait le regretter. Une force ne cessait de les attirer l'un vers l'autre en dépit des dangers et des obstacles. Peut-être son destin consistait-il à venir en aide à ce prince ?

– Dans Alamut bat le cœur de toute vie sur terre, lui apprit-elle à voix basse. Le Sablier des Dieux.

Elle ne dit rien pendant quelques minutes afin de rassembler ses pensées. Le seul bruit que Dastan entendait provenait du vent mugissant à l'extérieur de leur abri de fortune. Enfin, elle lui raconta l'histoire légendaire qui avait façonné sa vie et son destin.

– Il y a très très longtemps, les dieux s'intéressèrent aux hommes et ne virent que cupidité et perfidie. Pour les punir, ils envoyèrent sur terre une grande tempête de sable qui détruisit tout et nettoya la surface du globe. Seule une jeune fille survécut. Quand les Dieux l'observèrent, ils ne trouvèrent que pureté en elle. Ils se rappelèrent alors la bonté potentielle qui réside en chacun des hommes. Par conséquent, ils firent revenir l'homme sur terre, rassemblèrent le sable et remplirent le Sablier.

Effrayé par la tempête, Aksh poussa un hennissement. Dastan et Tamina tendirent la main en même temps pour lui frotter le ventre. Patient, Dastan attendait qu'elle poursuive son récit. Il commençait à comprendre ce que le poignard signifiait pour elle... et impliquait pour lui.

– Le Sablier symbolise notre existence. Tant que les grains s'écoulent, le temps avance et la survie de l'homme est assurée. Le Sablier contrôle le Temps avec un grand « T », il nous rappelle que nous sommes mortels.

Songeur, Dastan lui demanda :

– Et la dague ?

– Elle fut offerte à la jeune fille dont la bonté permit à l'homme d'obtenir un sursis. La lame de la dague est le seul instrument capable de transpercer la bulle de verre du Sablier et de le vider des sables du temps. Mais, la poignée, elle, ne contient qu'une petite minute.

Ses mots résonnaient dans le minuscule espace.

– Et si quelqu'un enfonçait la dague dans le Sablier et appuyait sur le pommeau, que se passerait-il ?

Horrifiée, Tamina écarquilla les yeux. Il s'agissait là de sa plus grande peur.

– Le sable s'écoulerait sans interruption.

– Et on pourrait remonter dans le temps jusqu'à l'instant souhaité ?

Dastan pensait à l'histoire préférée de son père : Nizam lui sauvant la vie quand ils étaient enfants alors qu'un lion bondissait toutes griffes dehors sur Sharaman.

– Alors que mon père n'était qu'un petit garçon, Nizam lui a sauvé la vie lors d'une partie de chasse, raconta-t-il à son tour. Ma main à couper que mon oncle veut remonter à cette seconde fatidique et défaire ce qu'il a fait. Cette fois-ci, il n'a pas l'intention de sauver mon père ! Et ainsi, il deviendrait roi ; Tus, Garsiv et moi ne verrions jamais le jour. Le cours du temps serait modifié à tout jamais !

Le simple fait de prononcer ces paroles leur donna à tous les deux la chair de poule.

Dehors, la tempête se calmait peu à peu. Mais sous la tente, celle qui soufflait dans le cœur de Dastan ne faisait que grandir.

– Les sables contenus dans le Sablier sont très volatils, le prévint Tamina. C'est pour cette raison qu'il est scellé. Si on l'ouvre dans la Chambre Sacrée, le sceau se brisera. Les Sables du Temps ne seraient plus emprisonnés et toute l'humanité paierait pour la soif de pouvoir de Nizam.

Dastan réfléchit à cette dernière remarque tandis que la tempête s'éloignait enfin.

Après avoir secoué leur tente improvisée pour se débarrasser du sable, ils sortirent. Les rayons du soleil illuminaient à nouveau le désert bouleversé.

– Le Temple secret des Gardiens situé à l'écart d'Alamut est un sanctuaire, continua Tamina. La dague doit être replacée en sécurité dans sa demeure sacrée. Rends-la moi pour que j'accomplisse cette tâche fondamentale.

Dastan secoua la tête.

– Je suis désolé, Princesse. Je ne peux pas t'obéir.

Elle demeura bouche bée quand il prononça les mots suivants :

– Je t'accompagne.

– Tu vas m'aider ? s'étonna-t-elle.

Un léger sourire aux lèvres, Dastan grimpa avec majesté sur la selle d'Aksh. Puis il se pencha et lui tendit la main.

– Nous pouvons rester assis là toute la journée à discuter ou tu peux monter à cheval.

Il ne comptait plus sur la dague pour prouver son innocence. Il s'inquiétait pour une autre raison. À présent, il devait s'assurer que Nizam ne mette jamais la main dessus. Quant à convaincre ses frères, il verrait ensuite : chaque chose en son temps.

Satisfaite, Tamina lui prit la main.

De leur côté, Tus et Garsiv étaient plus que déterminés à capturer Dastan et à le conduire devant un tribunal pour qu'il ait un procès en bonne et due forme. Cette résolution contrariait Nizam car elle ne faisait pas partie de son plan. Pour s'assurer que cela ne se produirait jamais, il devait gagner le soutien d'une force beaucoup moins honorable et plus indisciplinée que l'armée perse. Dans ce but, il se rendit au galop à Boukhara où il possédait en secret un domaine tentaculaire.

Tandis qu'il pénétrait dans la large entrée en marbre de son palais, il fut accueilli par son majordome.

– Je dois parler à nos invités, l'informa-t-il.

– Justement, je voulais m'entretenir avec vous à leur sujet, répondit le serviteur avec un grand tact. Leurs méthodes sont... disons peu habituelles. Les domestiques ont vu des choses, ils ont entendu des bruits étranges. La semaine dernière, un des chevaux a disparu.

À l'évidence, le majordome s'attendait à ce que ces nouvelles aient plus d'impact sur Nizam. Mais celui-ci se contenta de sourire.

– Assure-toi simplement que les autres tiennent bien leur langue, l'informa-t-il. Ou je te promets qu'ils disparaîtront eux aussi sans laisser de trace.

Quelques minutes plus tard, Nizam descendait une torche à la main un immense escalier en pierre et s'enfonçait dans les profondeurs de son palais. En bas des marches, il continua jusqu'à une antique porte en bois sur laquelle avait été sculpté un griffon.

Il ouvrit la porte et entra dans une pièce sombre. Des nuages de fumée opaque s'élevaient tout autour de la pièce si bien qu'il était impossible d'en distinguer les murs. Du treillis ciselé recouvrait le sol et dans les interstices, il distinguait une deuxième pièce en contrebas où un mystérieux rituel avait lieu près du feu.

Une silhouette sortit de l'ombre et fixa Nizam de ses yeux bleu pâle comme la mort. C'était l'espion qui était intervenu lors du conseil de guerre. Grâce aux « preuves » qu'il avait apportées, il avait permis à Nizam de convaincre Tus d'attaquer Alamut. Mais là, au milieu de cette brume, il ne ressemblait absolument pas à un espion. En vérité, il n'avait pas l'air tout à fait humain…

– J'ai une autre mission pour toi, Hassansin. Mais tu dois faire vite. Ta proie a une longueur d'avance sur toi.

Les Hassansins appartenaient à une secte de meurtriers sanguinaires qui avaient été bannis du royaume de Perse par Sharaman. Le souverain avait de bonnes raisons pour cela : ces malfaisants vivaient à côté de toute réalité, dans une transe proche du sommeil. Ils prenaient un grand plaisir à pratiquer leurs arts morbides. Malgré leur statut de hors-la-loi, Nizam en avait protégé quelques-uns en prévision d'une occasion telle que celle-ci. Évidemment, il n'en avait informé ni son frère ni ses neveux.

– Cela n'interfère pas avec tes occupations ? demanda Nizam qui faisait référence à la fumée hallucinogène envahissant la pièce.

– Parmi les volutes, nous distinguons des visions de notre avenir, des visions de mort, affirma le Hassansin. Pendant la transe, nous pouvons tout trouver, y compris ton neveu.

Nizam sourit avant d'ajouter :

– Alors j'espère que tu verras bientôt d'autres morts.

Nizam a fait un pacte avec les Hassansins pour reprendre le pouvoir.

12

Loin de Boukhara, Tamina écarquilla les yeux tellement elle était ravie. Après avoir chevauché pendant ce qui lui parut une éternité, elle se dit qu'ils méritaient bien une pause. Devant eux, elle aperçut une oasis où foisonnaient des arbres et des plantes, où brillait une eau d'un bleu quasiment transparent.

– Notre voyage est béni des dieux, déclarat-elle, à la fois lasse et satisfaite. Arrêtons-nous pour nous désaltérer. Avec un peu de chance, nous atteindrons le col de la montagne avant la tombée de la nuit, expliqua-t-elle à Dastan.

– Tu n'apprécierais pas un peu trop de me donner des ordres ? plaisanta-t-il.

Bizarrement, cette tâche commune les avait

rapprochés. Tandis qu'ils se dirigeaient vers le Temple des Gardiens, ils étaient devenus une équipe et travaillaient en étroite collaboration. Il faut dire que Dastan avait été impressionné par la résistance de Tamina et sa capacité à s'adapter à un voyage aussi périlleux sans se plaindre. De son côté, elle était admirative devant son immense bonté et sa force de caractère.

D'une main experte, Tamina conduisit Aksh près du point d'eau où Dastan commençait de remplir leurs gourdes. Cette oasis était trop belle pour être vraie, îlot resplendissant au milieu d'une mer de sable inerte.

Inerte en apparence seulement. À leur grande surprise, ils n'étaient pas seuls. Un animal s'était lui aussi réfugié dans cette oasis où il se désaltérait. Déplacée dans ce lieu perdu, l'autruche avait l'air égarée.

Dastan la fixa un long moment avant de comprendre ce que sa présence signifiait : de gros ennuis. Oui, c'était vraiment trop beau pour être vrai... Dastan fit volte-face pour prendre son épée quand il se trouva nez à nez avec le Cheikh Amar.

Le chef de tribu lui décocha un sourire diabolique tandis que ses hommes sortaient des broussailles.

– Nous nous sommes quittés un peu préci-pitamment, tu ne trouves pas, le Perse? dit-il avec un regret feint. Nous n'avons même pas eu le temps de nous dire au revoir.

Dastan et Tamina échangèrent un regard ner-veux pendant que les truands les encerclaient.

– Nous vous traquons depuis plusieurs jours, annonça-t-il avec fierté. La petite émeute que vous avez déclenchée dans notre repaire a duré deux jours. De mon empire, il ne me reste plus que Bethsabée.

Il leur montra l'autruche un peu effarouchée.

– Alors je me suis dit qu'il n'existait qu'une seule manière de me dédommager: retrou-ver les jeunes amoureux qui ont provoqué un amoncellement de nuages noirs au-dessus de ma tête. J'ai besoin de la récompense offerte pour votre capture!

En dépit du ton menaçant et du regard as-sassin du Cheikh, Dastan ne semblait pas l'écouter. Il observait les dunes près de l'oasis. Il avait l'impression que des volutes de sable s'élevaient à leur sommet et cela ne lui disait rien qui vaille.

– Cheikh Amar... Écoute-moi, plaida-t-il.

Amar agita la main pour faire taire ce petit prétentieux.

– Ce que tu pourras dire ne m'intéresse pas.

Il fit signe à deux de ses hommes qui immobilisèrent Dastan et commencèrent à le ligoter. Cette fois-ci, il n'était pas question qu'il leur échappe.

– Noble Cheikh… l'implora Tamina, nous effectuons un voyage sacré.

Amar éclata de rire.

– Qu'y a-t-il de plus sacré que de l'or perse?

Il hocha la tête et deux autres hommes attachèrent la princesse à son tour.

Seso, le lanceur de couteau ngbaka, s'approcha de Dastan et s'empara de la dague accrochée à sa ceinture.

– Joli couteau! remarqua-t-il avec un rire vigoureux.

Dastan s'acharna sur les cordes qui lui liaient les poings mais il n'y avait rien à faire. Ils étaient prisonniers… à nouveau.

La colère au ventre, Amar et ses hommes avaient arpenté le désert aride pendant des jours à la recherche de Dastan et Tamina. Ils décidèrent d'établir leur campement dans cette oasis et de profiter du confort qu'elle procurait avant de repartir le lendemain matin.

Le Cheikh préférait les livrer aux autorités

perses le plus tôt possible. En échange, il recevrait une prime, disait-on, fabuleuse.

Cette nuit-là, pendant qu'ils dormaient, un mystérieux groupe de cavaliers encapuchonnés avança dans leur direction au triple galop. Au nombre de sept, ils galopaient avec une précision incroyable.

Les Hassansins.

Quand ils atteignirent un promontoire situé au-dessus de l'oasis, ils s'arrêtèrent. En silence, ils descendirent de cheval et observèrent le campement.

Le regard bleu pâle du chef se posa sur leur cible. Seuls deux sbires d'Amar montaient la garde pendant que les autres dormaient autour du feu de camp.

« Ce sera facile », pensa l'Hassansin.

Il allongea les bras en direction du sol et soudain, dans un éclair vert émeraude, quelque chose glissa de chacune de ses manches et s'enfonça dans le sable. Des crotales…

Les créatures serpentèrent sous la surface du sable ; leur trace était à peine visible sous le clair de lune.

De leur côté, les deux sentinelles essayaient de ne pas s'endormir et scrutaient l'horizon au cas où une menace potentielle apparaîtrait.

Soudain, un des gardes tressaillit puis s'effondra sans un mot sur le sol.

Interloqué, le deuxième guerrier se pencha au-dessus de lui pour l'examiner. Il n'en revint pas quand il constata que son comparse était mort. Avant même d'avoir compris ce qui était arrivé, il aperçut une silhouette qui ondulait à quelques centimètres en dessous du sable.

Il recula terrorisé. Il s'apprêtait à hurler de peur quand le crotale surgit telle une flèche et plongea ses crocs venimeux dans son cou.

La victime s'écroula, morte. Sa tâche terminée, le crotale se faufila le long du corps allongé et s'enfouit dans le sable, en quête d'une nouvelle proie.

Les serpents continuèrent leur course souterraine en direction du camp où tout le monde dormait. Quand l'un passa entre les pattes d'Aksh, le cheval hennit.

Son cri réveilla Seso, qui en guerrier entraîné, fut sur le qui-vive en un instant, prêt à bondir sur tout intrus. Il examina les alentours sans découvrir le moindre être humain.

Tout à coup, il baissa les yeux et remarqua un sillon qui se précipitait sur lui. Sous ses yeux horrifiés, un crotale émergea à ses pieds, prêt à fondre sur le premier venu. Seso prit soin de ne pas faire le moindre mouvement brusque mais le reptile l'avait déjà en ligne de mire.

Le crotale agita sa langue fourchue dans l'air. Au moment où il passait à l'attaque, il fut assommé par une bûche fumante puis jeté avec force dans l'obscurité.

Stupéfait, Seso leva la tête et s'aperçut que Dastan venait de lui sauver la vie. Alors qu'il avait les mains liées, le prince avait réussi à prendre un morceau de bois incandescent et s'en était servi comme arme.

Quand ils scrutèrent le sable, les deux hommes constatèrent que quatre autres sillons se ruaient vers le camp.

– Donne-moi la dague, lui ordonna Dastan.

N'ayant reçu aucune instruction de la part d'Amar, Seso hésita. Il regarda les mains ligotées de Dastan puis les sillons qui se rapprochaient dangereusement.

– Si tu veux voir le soleil se lever demain matin, insista Dastan, donne-moi cette dague !

Seso s'en servit pour couper ses liens et la lui jeta au moment où les trois crotales se soulevaient du sol pour lui sauter à la gorge. Alors que ses agresseurs volaient, Dastan enfonça le pommeau serti de pierres précieuses et tout se figea autour de lui. Un des serpents se trouvait à quelques centimètres de son visage, les crocs luisants.

Dastan se hâta de mémoriser leur emplacement.

Tandis que les grains de sable se déversaient sur le sol, le temps fit marche arrière.

Dastan releva la dague tant qu'il restait un peu de sable dans sa poignée. Il n'était remonté que de quelques dizaines de secondes mais ce laps de temps ferait toute la différence.

Cette fois-ci, quand les crotales s'élancèrent sur lui, Dastan sut exactement où frapper.

Avec une rapidité et une agilité étonnantes, il tua les trois serpents grâce au précieux poignard. Puis il le lança devant lui et coupa en deux le quatrième et dernier serpent au moment où il plantait ses crocs dans la chair de la princesse endormie.

Tamina se réveilla en sursaut, comme le reste du groupe surpris par les bruits de bataille. Quand ils virent les crotales morts d'un côté et agonisants de l'autre, tous écarquillèrent les yeux… sauf Tamina. Elle fronça les sourcils. Si les gredins se posaient des questions sur la déconcertante habileté de Dastan, elle savait comment il avait tué ces dangereux crotales.

– Perse ! s'étonna le Cheikh Amar. Comment as-tu réussi à les tuer tous les quatre ?

Dastan ne prit pas la peine de lui répondre. Il leva les yeux vers le promontoire et distingua la silhouette des Hassansins qui les observaient avec attention, sans même se cacher.

S'ils restaient dans cette oasis, il ne leur faudrait pas longtemps pour être attaqués et un miracle ne surviendrait pas une seconde fois. La poignée de la dague était pratiquement vide.

– Nous devons partir d'ici ! Maintenant ! s'écria Dastan tout en coupant les liens qui retenaient les mains de Tamina. Vite ! Il n'y a pas une seconde à perdre.

– Nous ne craindrons rien si nous nous arrêtons ici, Perse, déclara Cheikh Amar alors qu'ils galopaient depuis un bon moment.

Ils avaient atteint la frontière et longeaient un chemin rocailleux. Tamina les avait informés qu'ils devaient ensuite franchir un dangereux col de montagne et il fallait que leurs montures se reposent un peu.

Dastan refusa.

– Les Hassansins ne s'arrêteront pas, les prévint-il. Ils traquent et tuent de sang-froid. Je connais ces individus.

143

Amar ne comprenait pas.

– Et qui sont ces individus? l'interrogea-t-il.

– Ces crotales étaient contrôlés par…

Dastan cherchait ses mots.

–… Par un sombre secret de l'empire. Les Hassansins. Pendant des années, ils ont été les tueurs personnels des rois perses. Mais mon père a ordonné leur dissolution.

– C'est à cause d'escouades gouvernementales telles que celles-ci que je refuse de payer des impôts, expliqua Amar à Seso.

– Ils viennent du sud, continua Dastan, où Nizam possède des propriétés. Il a dû désobéir aux ordres de mon père. Les Hassansins ne sont pas des soldats ordinaires mais une confrérie de tueurs qui a reçu un entraînement selon les vieilles méthodes de *Janna*. Ils exécutent les ordres de Nizam, sans poser de questions.

Personne ne prit la parole. Chacun réfléchissait au danger qui les menaçait.

– Nous ne pouvons pas les arrêter, indiqua Dastan, l'air sombre.

–Toi peut-être, répliqua Amar. Mais tu ignores ce dont mes hommes sont capables.

– Nous devons nous rendre au Temple des Gardiens et votre aide serait la bienvenue, déclara Dastan.

Sa demande fit rire le Cheikh.

– Tu veux que nous traversions les montagnes de l'Hindou Koush alors qu'une violente tempête se prépare ? rétorqua Amar. Non seulement tu attires les ennuis comme une mangue en décomposition attire les mouches, mais en plus tu es fou à lier !

Amar fit signe à ses hommes de diriger leur monture dans la direction opposée.

– Il y a de l'or dans le temple, marmonna Tamina.

Voilà qui attira l'attention d'Amar. Il stoppa son cheval quelques secondes.

– Plus que peuvent en porter dix chevaux, leur assura-t-elle. Il est à vous si vous nous aidez. Net d'impôts.

Le Cheikh Amar haussa les épaules. Pouvait-il dire non à une proposition commerciale aussi alléchante ?

Dastan, le Cheikh et ses hommes suivirent Tamina tandis qu'elle les guidait jusqu'aux montagnes. Ils traversèrent la passe de Khyber couverte de neige qui menait sur des terres s'étendant au-delà de l'empire perse.

Malgré le trajet exténuant, Tamina ne montra aucun signe de souffrance. Elle semblait en paix, consciente que cette épreuve faisait partie de son destin. Dastan trouva cette force bien plus impressionnante que sa beauté.

Finalement, après des jours et des nuits passés dans un froid glacial, ils parvinrent sous un climat plus tempéré. Tamina leur fit quitter le sentier pour pénétrer dans une vallée cachée par la brume. C'était là qu'elle devait rendre la dague à la pierre dont elle était issue.

Dastan écarquilla les yeux. Une centaine de mètres en amont, il n'aurait jamais pu imaginer qu'un endroit aussi magnifique fût à portée de main. Et pourtant, une vallée verdoyante parsemée de quelques fermettes en pierre s'étendait désormais à ses pieds.

– Je m'attendais à des statues en or et de somptueuses cascades, annonça le Cheikh, sincèrement déçu.

Pendant leur périple, Dastan avait pensé à Tamina et aux histoires qu'elle lui avait racontées. Maintenant qu'il regardait la jeune femme face à la vallée, tous les éléments se mettaient en place.

– La jeune fille qui l'homme a obtenu pour les hommes un sursis auprès des Dieux est ton ancêtre, n'est-ce pas? demanda-t-il.

Tamina baissa les yeux.

– Ses descendants sont devenus des gardiens. Cette obligation sacrée est transmise de génération en génération.

Elle fixa le jeune et beau prince à côté d'elle. Il y avait certainement une raison pour laquelle il était entré dans sa vie ! Elle le savait. La dague faisait autant partie de son destin que du sien. Ils sourirent au même moment. Ils réussiraient cette épreuve ensemble.

Le groupe descendit la vallée. Mais quand ils atteignirent la première ferme, ils pressentirent que quelque chose n'allait pas. Le village semblait abandonné.

– C'est trop calme, constata Dastan.

Derrière cette maison, ils en découvrirent la raison. Les corps sans vie de quatre prêtres qui protégeaient le temple étaient avachis contre un mur.

– Ils sont morts depuis longtemps, affirma Seso après avoir examiné les cadavres. Ils ont d'abord été torturés avant de succomber.

Tamina tremblait de peur.

– Leurs blessures n'ont pas été provoquées par des armes traditionnelles, fit remarquer Dastan à Seso.

– L'œuvre des Hassansins ? s'enquit le guerrier ngbaka.

– Oui, répondit Dastan sans détour. Ils étaient ici. Nizam est au courant de notre mission.

À ce moment-là, le Cheikh Amar surgit. Il venait d'inspecter les autres maisons.

– Ils sont tous morts, les informa-t-il. Le village a été totalement décimé.

Tamina n'en croyait pas ses oreilles. Elle était la dernière protectrice de la dague? La seule qui connaissait les secrets et les pouvoirs du Sablier des Dieux?

Dastan l'interrompit dans ses pensées.

– Tamina, si Nizam connaît cet endroit, nous devons nous en aller.

Ils n'eurent pas le temps de se mettre en route. Un bruit sourd résonna dans la vallée: celui de chevaux en train de charger.

L'ennemi approchait.

13

Le bruit des chevaux lancés au grand galop résonnait de plus en plus fort dans la vallée. Dastan prit Tamina par la main afin de s'enfuir, mais il était trop tard. Ils n'eurent pas le temps de rejoindre Aksh, car la cavalerie perse les encerclait déjà. À leur tête, nul autre que... Garsiv.

En un rien de temps, Dastan, Tamina, Seso, le Cheikh Amar et le reste de ses hommes furent alignés côte à côte et entourés de soldats qui avaient bandé leur arc, prêts à tirer.

Garsiv descendit de cheval et alla droit sur Dastan.

– Donne-moi ton épée, lui ordonna-t-il, furieux.

– Écoute-moi un instant, le supplia Dastan.

Mais Garsiv ne voulait rien entendre. Il n'avait pas de temps à perdre avec les histoires extravagantes que son frère ne manquerait pas de lui raconter.

– Donne-moi ton arme, hurla-il en posant la main sur la sienne. Ou bien renonces-tu à cet honneur de me la remettre toi-même ?

Dastan fixa son aîné et tenta de le convaincre envers et contre tout. Qui ne risque rien n'a rien !

– Garsiv, il y a quatre prêtres morts, là-bas, derrière la maison. Torturés puis massacrés par les Hassansins sur l'ordre de Nizam. Notre oncle est le traître.

Garsiv éclata de rire et sortit son épée de son fourreau. Il plaqua la lame contre la gorge de Dastan.

– Les Hassansins n'existent plus, grogna-t-il. Notre père leur a réglé leur compte. Monseigneur Dastan s'est toujours cru plus intelligent que les autres. Eh bien aujourd'hui, c'est terminé !

– Garsiv, je t'en supplie. Ce n'est pas un mauvais tour de ma part. Nizam veut ma mort pour que je me taise à jamais. Il risque trop si un procès public a lieu.

Garsiv pensa alors à l'entretien qu'il avait eu avec Nizam et Tus. Leur oncle avait insisté sur le fait qu'il n'y aurait pas de procès. Oui, il avait bien répété que Dastan ne devait pas être ramené vivant. Tandis que ses souvenirs affluaient dans son esprit, une étincelle pétilla dans son regard et il exerça un peu moins de pression sur la gorge de son petit frère.

— Tu es déjà au courant, remarqua Dastan qui interpréta la réaction de son aîné. Ce sont les intentions de Nizam, n'est-ce pas ?

Garsiv ne répondit pas.

— Je sais que cela n'a jamais été facile entre nous, continua Dastan. Mais nous sommes frères.

— Comme c'est touchant ! ironisa Garsiv. Tu joues sur ma corde sensible alors que mon épée est sur le point de te trancher la gorge.

— Avant de mourir, Père m'a dit que le lien qui unit des frères est l'épée qui défend notre empire. Il priait pour que cette épée demeure infaillible.

Garsiv se rappela tous les événements qui étaient survenus depuis la mort de Sharaman.

— Nizam veut ta mort. Tus s'est opposé à sa volonté et a ordonné que nous te ramenions vivant.

– Tu comprends maintenant ? Nizam se sert des Hassansins pour être sûr que cela n'arrivera jamais. Il a peur de ce que je pourrais dire. Il ne souhaite pas que je me confie à qui que ce soit.

Ses paroles firent leur chemin dans l'esprit de Garsiv qui, lentement, baissa son épée.

– Raconte-moi, Dastan, répliqua-t-il, prêt à écouter son petit frère.

Dastan fut grandement soulagé. Mais au moment où il allait tout lui expliquer, ils entendirent un sifflement sinistre et trois pointes métalliques se plantèrent dans le plastron de Garsiv.

– Garsiv ! hurla Dastan quand son frère s'écroula à genoux, un voile sur le visage.

De la brume surgirent d'autres hommes à cheval. Des cavaliers bien plus dangereux que ceux de l'armée perse.

Dastan les reconnut immédiatement.

– Les Hassansins ! cria-t-il avant de dégainer son épée.

Quelques instants plus tard, une bataille acharnée se livrait entre les Perses et les Hassansins. Alors qu'ils étaient retenus prisonniers un peu plus tôt, Amar et ses hommes se rangèrent aux côtés de leurs premiers assaillants et se battirent avec hargne.

Toutefois, leur ennemi commun ne ressemblait à aucun de ceux qu'ils avaient pu affronter par le passé.

Les Hassansins incarnaient la cruauté et la mort. Chacun d'eux maîtrisait une manière de tuer différente. L'un cinglait l'air avec des fouets garnis de lames ; celui qui avait attaqué Garsiv arborait une armure hérissée de pointes, tel un porc-épic humain.

Leur chef disposait d'autres crotales dans les manches de son manteau. Une seule pensée obsédait Dastan : protéger la dague.

Quand il chercha Tamina autour de lui, il constata qu'elle avait disparu.

Au Temple des Gardiens, Dastan et Tamina sont attaqués par les Hassansins.

Amar se plaça à côté de lui pour combattre les Hassansins.

– Retrouve-la, jeune Perse.

Pris de frénésie, Dastan regarda partout. Ce n'était pas le moment de jouer à la princesse bornée. Finalement, il l'aperçut en train de grimper sur le toit d'une des maisons en pierre.

Il la suivit et quand il parvint au sommet, il découvrit un passage secret dissimulé parmi les pierres. L'entrée du temple caché !

Il savait exactement ce qu'elle avait derrière la tête : elle comptait sauver le Sablier et pour y parvenir, elle devait rendre la dague aux Dieux et s'offrir en sacrifice.

Elle échangerait sa vie contre celle de toute l'humanité.

Soudain, Dastan se moqua bien de protéger la dague ou non. C'était Tamina qu'il devait secourir. Il la suivit donc dans la grotte et la regarda traverser un bassin naturel d'un pas déterminé. Apparemment, elle acceptait le sort qui l'attendait.

– Il existe une autre solution, murmura Dastan. Forcément.

– Non, répondit-elle.

– Laisse-moi te remplacer, la pria-t-il.

Il s'avança dans l'eau et tendit la main vers la dague.

Tamina secoua la tête.

– Seul un gardien peut replacer la dague. Il faut une personne qui incarne la bonté de l'homme devant les Dieux. Ce n'est pas dans tes aptitudes.

Ils se dévisagèrent un long moment. Préservés des combats faisant rage à la surface, ils entendaient néanmoins le bruit de l'acier qui s'entrechoque, les coups de fouet cinglant l'air... Les hurlements de douleur résonnaient dans tout le temple, à leur grand malheur.

– Je suis prête, Dastan.

– Pas moi.

Il est temps de remettre la Dague en sécurité. Mais quel en sera le prix ?

Soudain, la bataille vint jusqu'à eux. L'Hassansin au fouet tranchant apparut à l'entrée du temple et se rua instantanément sur Tamina et la dague.

Les lanières s'enroulèrent autour de son poignet et plaquèrent la jeune femme contre le mur en pierre. Assommée, Tamina s'effondra.

Le coup de fouet suivant l'aurait coupée en deux si Dastan ne l'avait pas intercepté avec son épée. Une lutte à mort s'engagea entre l'Hassansin et le Lion de Perse.

Dastan n'avait jamais combattu un ennemi tel que celui-ci. Les coups de fouet l'assaillaient de toutes parts avec une précision d'expert.

De la même manière, l'Hassansin n'avait jamais affronté un adversaire aussi adroit et agile que Dastan. Ils avançaient, reculaient, épée contre lame, vitesse contre muscles.

Dastan éloigna le duel de Tamina et regagna le toit de la fermette. Ils peinèrent à garder leur équilibre sur les pierres mais ne cessèrent pas de frapper. La bataille se poursuivait avec acharnement en contrebas; plusieurs corps sans vie jonchaient le sol.

À cet instant, Dastan vit une ouverture et, effectuant une manœuvre acrobatique, il courut et prit appui contre la cheminée. Puis il fit la roue dans les airs et se posta derrière le tueur.

L'Hassansin pivota, allongea la jambe et fit tomber Dastan.

Ayant perdu l'équilibre, Dastan dégringola du toit et s'écrasa sur le sol, le souffle coupé.

Il n'eut pas le temps de reprendre sa respiration, l'Hassansin bondit sur lui et commença à lui serrer le cou.

Fébrile, Dastan essaya de se débarrasser de son attaquant, de le pousser loin de lui. L'assassin se contentait de poser son regard vide sur lui, sans témoigner aucune émotion.

Au moment où Dastan allait rendre le dernier soupir, l'étreinte de l'Hassansin se relâcha et le tueur s'écroula sur le sol.

Dastan déglutit plusieurs fois de suite, inspira profondément puis il vit que l'Hassansin avait été tué par une épée enfoncée dans son dos. Dastan se retourna pour voir le visage de son sauveur.

Garsiv avait rassemblé les dernières forces qui lui restaient, s'était agenouillé et avait asséné le coup fatal, sauvant ainsi son frère bien-aimé.

– Garsiv, gémit Dastan tout en lui soulevant la tête et en le berçant contre lui. Tiens bon !

– L'épée est forte, petit frère, murmura Garsiv, le visage blafard. Sauve l'empire !

Dastan savait qu'il ne pouvait plus rien pour Garsiv. Il essaya néanmoins d'adoucir ses derniers instants. Puis il lui posa doucement la tête sur le sol et lui ferma les yeux avant de prononcer en silence une prière pour le repos de son âme.

La bataille était terminée et les Hassansins avaient disparu aussi mystérieusement qu'ils étaient arrivés. Dastan tressaillit : cela ne pouvait signifier qu'une seule chose !

Il se précipita dans le temple auprès de Tamina. Mais elle en était déjà sortie ; une tristesse immense lui assombrissait le visage.

– La dague ? lui demanda Dastan.

– Volée.

Dastan regarda son frère. Que de douleurs et de souffrances son oncle avait-il déclenchées ! Fureur et chagrin nourrirent sa détermination.

Il se tourna vers Tamina et lui fit une promesse solennelle :

– Nous la rapporterons.

Est-ce le destin de Dastan de devenir un grand homme?
Seul l'avenir le dira.

14

Sous la lumière blême de la lune crois-sante, trois silhouettes encapuchonnées galopaient dans les rues désertes d'Alamut. Il s'agissait des trois Hassansins ayant survécu à la bataille. Ils avancèrent d'un pas rapide et menaçant jusqu'aux marches du palais.

Les trois tueurs entrèrent par une porte se-crète qui donnait directement dans les appar-tements de Nizam. Leur maître était assis à une grande table en bois.

– Avez-vous apporté ce que je vous avais demandé ? gronda Nizam.

Les trois Hassansins s'assirent et l'un des horribles crotales glissa du manteau du chef.

Le serpent ondula sur la table tout en sifflant. Sa langue tremblotait à la lueur de la bougie.

L'Hassansin sortit un couteau rutilant. Ce geste brusque fit reculer Nizam. Rapide comme l'éclair, le tueur s'empara du crotale et l'entailla sur toute sa longueur.

La dague était dissimulée dans l'estomac du reptile.

Nizam eut un sourire méchant. Son plan machiavélique serait parachevé en moins de temps qu'il n'en fallait pour le dire.

– Dastan est vivant, prévint le tueur. Ton autre neveu s'est mis en travers de notre chemin.

Nizam réfléchit quelques instants à cette nouvelle.

– À la fin, cela n'aura plus d'importance. Le temps effacera tout.

– Que la mort soit avec toi, Monseigneur, siffla l'Hassansin. Quant au Prince Dastan, il n'aura de cesse de chercher la dague.

– Il ne la trouvera pas à temps.

Toutes les fouilles ordonnées par Tus dans le but de trouver des armes ne signifiaient qu'une chose : ils étaient sur le point de découvrir le Sablier des Dieux.

À ce moment-là, Nizam aurait accès aux Sables du Temps. Avec la dague et les sables en sa possession, il serait capable de réécrire l'Histoire.

Le lendemain matin, Tus se tenait sur le balcon et contemplait Alamut à ses pieds. Il était roi, mais il n'imaginait pas ainsi ses premiers jours de règne. Son cœur pleurait la mort de son père et ce qu'il croyait être la trahison de son frère.

– Nous avons mis à jour plusieurs tunnels sous les rues, mon roi, déclara Nizam quand il rejoignit son neveu sur le balcon.

– Tunnels ou pas, répliqua Tus, frustré, nous n'avons toujours pas trouvé de forges.

Nizam fit un hochement de tête approbateur.

– La couronne pèserait-elle lourd, mon neveu ?

– Plus que je ne l'avais imaginé.

– Les forges sont ici, essaya de le rassurer Nizam. Sois patient.

– Des nouvelles de Garsiv ? s'enquit Tus, inquiet.

– Non, pas encore, Majesté, mentit le traître.

Nizam n'était pas le seul à connaître l'existence d'entrées secrètes pour infiltrer la citadelle d'Alamut. Tamina avait utilisé une porte

163

dissimulée pour pénétrer dans sa cité et elle chuchotait à présent à l'oreille de sa fidèle servante. Dastan, Amar et Seso se tenaient un peu en retrait.

– D'après ses amis dans le palais, les Perses ont pénétré dans les tunnels du premier niveau. C'est une question d'heures avant qu'ils n'atteignent le Sablier, leur apprit-elle quand elle eut terminé de discuter avec la domestique.

Dastan échangea un regard complice avec le Cheikh Amar et Seso. Après la bataille dans la vallée, les brigands d'autrefois s'étaient joints à leur noble cause.

– Nizam conserve la dague dans le Grand Temple, précisa Tamina en désignant l'édifice au milieu d'Alamut.

La servante ajouta quelques mots et la réaction de Tamina intrigua Dastan.

– Que se passe-t-il ? demanda-il.

– Elle dit que le temple est gardé par une sorte de démon, expliqua Tamina. Des yeux de charbon, la peau plissée comme le désert et recouverte de pics.

D'après cette description, Dastan comprit tout de suite de qui il s'agissait.

– L'Hassansin…

La femme poursuivit et Tamina traduisit pour les autres.

– Il a jeté un sort mortel sur la Chambre Sacrée. Personne n'a réussi à s'en approcher à moins de vingt mètres et à survivre.

Seso intervint.

– Certains n'ont pas besoin de s'approcher si près.

Le guerrier ngbaka marquait un point. Très vite, les quatre compagnons concoctèrent un plan. Pour qu'il fonctionne, le lanceur de couteau devait se rendre dans le Grand Temple.

Dès que Tamina leur eut décrit avec minutie l'intérieur du temple, Cheikh Amar et Seso s'approchèrent des gardes perses postés à la grille d'entrée. Ils firent leur possible pour avoir l'air affaibli et nécessiteux.

– Un peu d'eau, mon brave, bredouilla Amar, piteux.

Le garde lui sourit avant de cracher sur lui. Ses camarades éclatèrent de rire. Soudain, Amar et Seso sortirent des pelles de sous leur manteau et, d'un coup sec, assommèrent les soldats. Ces derniers resteraient inanimés un bon moment !

Pour faire bonne mesure, Amar se pencha sur le premier et lui cracha dessus.

Seso ouvrit la porte du temple mais au moment où il entrait, Amar posa la main sur son épaule.

– Tu peux encore changer d'avis.

– Je le dois au petit, affirma Seso.

Amar n'en revenait toujours pas.

– Tu es un Ngbaka, le fléau des plaines numidiennes ! Cette histoire de noblesse et d'éthique… nous ne sommes définitivement pas faits du même bois !

Dans un rire, Seso posa la main sur l'épaule d'Amar.

– Mon ami, on t'a déjà dit que tu parlais beaucoup trop ?

Ils se dévisagèrent un long moment avant de rire de bon cœur. Ils s'étaient embarqués dans de nombreuses aventures ensemble et il y avait de grandes chances pour que ce soit la dernière.

Après un dernier coup d'œil, Seso courut le long de la rampe qui menait au Grand Temple. Il se déplaça à l'intérieur avec discrétion et rapidité et atteignit enfin la porte donnant sur le sanctuaire.

Il vérifia sa bandoulière. Il ne lui restait plus

qu'un couteau. Après avoir pris une profonde inspiration, il se rua dans la Chambre Sacrée.

Aucun signe de l'Hassansin. Par contre, la dague se trouvait sur un piédestal sculpté au milieu du sanctuaire.

Il s'approcha du support et entendit soudain le vol léger de pointes mortelles dans les airs.

Avec son habileté légendaire, Seso se servit de son couteau à trois lames comme d'un éventail pour arrêter leur course.

Le tueur s'avança au centre de la pièce. Le soleil faisait briller ses piques assassines.

Seso repéra quelques colonnes qui le protégeraient, mais aucun abri près du piédestal. Il n'avait pas le choix. Il se précipita en direction de la dague tout en évitant la première rafale de pointes.

Seso lança son dernier couteau à trois lames... et mit dans le mille.

L'Hassansin était vaincu. Mais sa mort avait un prix : Seso était blessé. Il ne pouvait pas rejoindre les autres alors il fit ce qu'il put.

Il se hissa en haut des marches du sanctuaire et s'empara de la dague. Ensuite, de toutes ses forces, il la jeta par la fenêtre ouverte.

Le poignard s'envola dans le ciel de cette fin d'après-midi et sembla tomber longtemps avant de se planter dans un tronc d'arbre. Comme toujours, Seso avait vu juste et réussi son lancer.

Debout près de l'arbre, Amar regarda la dague avec étonnement et fierté. Il retira l'arme du tronc et la tendit à Dastan.

– Je t'ai déjà parlé des Ngbakas ? demanda-t-il à voix basse.

– Oui, répondit Dastan.

Le Cheikh Amar parvint à esquisser un sourire satisfait.

Ce n'était là que la première partie de leur plan. Maintenant qu'il avait l'arme mythique, Dastan devait la montrer à Tus et le convaincre que Nizam avait tout manigancé.

– J'espère que ton frère t'écoutera, jeune Perse. Dans le cas contraire, on aura tous les deux la tête tranchée.

Dastan acquiesça. La balle était à présent dans son camp.

Tamina l'aida à se faufiler dans le palais où elle avait toujours vécu. Tus était absent quand ils arrivèrent dans les nouveaux appartements royaux. Tamina se cacha sur le balcon pendant que Dastan attendait le retour du jeune souverain perse.

– Bonjour grand frère, le salua Dastan quand il entra dans la pièce.

– Dastan! s'étonna Tus.

Ses gardes du corps s'avancèrent pour le capturer.

– Il faut qu'on parle, annonça Dastan.

– Alors parle!

Dastan le regarda droit dans les yeux.

– Seuls, exigea-t-il.

Tus manipula ses grains de prière pendant un moment avant de se tourner vers ses gardes.

– Attendez dehors.

Le nouveau roi examina son frère avec prudence puis lui fit signe de parler.

– Alamut n'a jamais fourni d'armes à nos ennemis, commença Dastan. C'était un mensonge fabriqué de toutes pièces par notre oncle Nizam.

– Nizam? Tu es devenu fou? Qu'a-t-il à gagner en racontant une telle histoire?

– Il existe une force antique sous les rues de cette citadelle, se dépêcha d'expliquer Dastan. Un récipient contenant les fameux Sables du Temps. Nizam veut s'en servir pour altérer le cours de l'Histoire. Il souhaite remonter dans le temps afin de devenir roi.

Plus Dastan parlait, plus Tus pensait que son frère avait perdu la raison.

– Hérésie, Dastan !

– J'ai vu son pouvoir de mes propres yeux, l'implora Dastan, serrant la dague dans sa main.Nizam a découvert sa cachette. Si nous ne nous mettons pas en travers de son chemin, notre monde court à sa fin.

– Si tu as l'intention de me tuer, mieux vaut le faire maintenant, déclara Tus.

– Non ! Ce n'est pas une dague ordinaire. Appuie sur le pommeau et tu verras.

Dastan examina le manche en verre. Il ne restait plus que quelques grains de sable. Il ignorait si cela suffirait.

– J'aurais dû avoir la force avant, continua-t-il. Avant que nous n'envahissions Alamut.

– De quoi parles-tu ? s'enquit Tus.

Dastan serra le manche du poignard et se souvint des paroles de son père. Les grands hommes agissent en leur âme et conscience malgré ce qui peut leur arriver.

– Peu importent les conséquences, ajouta-t-il en citant son père.

Et il plongea la dague dans son propre cœur. Il tomba à genoux et crachant du sang, il leva les yeux vers son frère abasourdi.

Sur le balcon, la princesse Tamina réprima un hurlement.

Au même moment, Nizam entra à grands pas dans la pièce et se figea en voyant la scène devant lui.

– Il s'est ôté la vie, expliqua Tus, complètement désorienté.

– Alors que Dieu prenne pitié du traître, déclara Nizam, car il a emprunté le chemin du lâche.

Tus se tourna vers son oncle et repensa aux paroles de Dastan. Il regarda le corps de son frère, la dague au pommeau serti de pierres étincelantes.

– Nous savons tous les deux que Dastan avait beaucoup de défauts, se rebella Tus. Mais ce n'était pas un lâche !

Tus ramassa la dague et avant que Nizam n'ait le temps de réagir, il appuya sur le pommeau. Soudain, le monde se figea autour de lui et partit en marche arrière. Médusé, Tus vit défiler les dernières minutes : Nizam sortit de la pièce à reculons, le corps de Dastan revint à la vie.

L'ultime grain de sable tomba pile au moment où Dastan plongeait la dague dans sa poitrine.

– Peu importent les conséquences, répéta Dastan.

Alors qu'il allait enfoncer une deuxième fois la lame dans son cœur, Tus intervint et l'empêcha de commettre l'acte fatal.

– Tu viens de mourir sous mes yeux, balbutia-t-il.

Dastan baissa les yeux et constata que la poignée était vide. Tus avait donc appuyé sur le pommeau et été témoin des effets de la dague.

Ils échangèrent un sourire dans lequel transparaissaient leur soulagement et leur étonnement.

– Le jour où nous sommes partis pour la guerre, lui raconta Tus, notre père m'a dit qu'un vrai roi entendait les conseils mais écoutait toujours son cœur.

Il secoua la tête par déception.

– Je n'aurais pas dû avoir besoin d'une telle preuve, mon frère. À présent, j'ai une dette envers toi car tu m'as rappelé la vraie signification du mot « courage ».

Ému, Dastan s'apprêtait à prendre son frère dans ses bras quand Nizam se précipita dans la pièce. Il regarda attentivement ses neveux.

– Je vois que Dastan est revenu, dit-il.

Quand il vit la dague entre les mains de Tus et la fureur dans les yeux de Dastan, il comprit alors très vite que les deux frères connaissaient la vérité.

Sans hésiter mais aussi sans prévenir, Nizam dégaina son épée et frappa Tus. Dastan hurla quand le poignard tomba des mains de son frère mortellement blessé et glissa sur le sol.

Il plongea pour récupérer la dague mais elle fut ramassée par un Hassansin qui avait suivi Nizam.

– Pauvre Tus, il désirait tant cette couronne ! se moqua Nizam qui arracha la dague des mains de l'Hassansin.

– Et toi, Dastan, toujours en train de foncer tête baissée, continua-t-il. Tellement désespéré de prouver que tu es davantage qu'un pouilleux ramassé dans la rue. Quel gâchis !

– On dirait que le lien entre deux frères n'est plus l'épée qui défend notre empire, rétorqua Dastan.

Nizam ignora le jeune prince. Maintenant qu'il avait la dague, il décida de quitter la pièce. L'Hassansin pouvait jouer avec le petit prétentieux.

Cependant, Nizam ignorait une chose importante : Tamina se dissimulait sur le balcon. Elle pénétra dans la pièce au moment où l'Hassansin se ruait sur Dastan.

– NON ! hurla-t-elle.

Elle déséquilibra le tueur, ce qui donna le temps à Dastan de réagir. Il empoigna l'Hassansin et prit pour arme le seul objet à sa portée : les grains de prière de Tus.

Nizam le paierait très cher… et ce n'était pas une promesse en l'air !

15

Ayant échappé à l'Hassansin, Tamina et Dastan n'avaient qu'un seul but : stopper Nizam avant qu'il ne soit trop tard.

– Les gardiens ont construit des tunnels sous la cité afin d'avoir un accès secret au Sablier, lui expliqua la princesse tandis qu'elle le conduisait au bas d'un escalier obscur.

Elle s'arrêta quand ils arrivèrent devant une sculpture dans le mur. Tamina glissa la main derrière et appuya sur une sorte de loquet qui ouvrit un passage caché.

Dastan écarquilla les yeux.

– Si nous allons assez vite, continua-t-elle, nous y serons avant Nizam.

Tamina passa la première dans le couloir

à peine assez large pour eux deux. Il faisait sombre et Dastan voyait à peine à quelques centimètres devant lui.

Soudain, un séisme fit trembler Alamut. Dastan repoussa les murs et le plafond de peur qu'ils ne s'effondrent sur Tamina et lui.

– Les fouilles sapent les fondations de la ville, déclara-t-il.

Tamina secoua la tête.

– Ce sont les Dieux, répliqua Tamina. Nizam a dû ouvrir une brèche dans la salle du Sablier. Il y est presque.

Ils poursuivirent leur avancée. Puis, l'obscurité fit place à la lumière quand ils entrèrent dans une immense salle au sol recouvert de sable doré. Les grains étaient parfaitement lisses et au milieu de la pièce, il y avait une grande coupole en or.

– Nous y sommes presque, affirma-t-elle.

Dastan fit un pas en avant mais Tamina le retint avec force.

– Il n'y a qu'un chemin que nous pouvons emprunter en toute sécurité, l'informa-t-elle.

Tamina examina les marques sur les parois. Alors qu'elles ne signifiaient absolument rien pour Dastan, elles fournissaient des indications à Tamina.

– Marche dans mes pas, lui ordonna-t-elle. Exactement dans mes pas !

– Pas besoin de répéter, j'avais compris.

Tamina entreprit donc de traverser la pièce, effectuant chaque pas avec attention, un dans une direction, le suivant dans une autre. Elle zigzagua, pivota… Dastan plaça chaque fois ses pieds dans ses empreintes.

Soudain, un deuxième tremblement de terre secoua Alamut. Le duo retint son souffle et s'immobilisa sur place. Une fine couche de sable dansait sur les dalles.

Dastan remarqua alors une petite pierre accrochée au plafond. Elle n'était pas loin de se détacher. Au moment où elle tomba, Dastan tendit le bras et l'attrapa du bout des doigts.

– Qu'est-ce que tu fais ? gronda Tamina. Je t'ai demandé de me suivre.

– Vous savez quoi, Votre Altesse…

Il se mordit la langue pour contenir sa frustration et ne pas se montrer grossier quand, tout à coup, une autre pierre se détacha. Seulement celle-ci était hors d'atteinte. Elle heurta le sable qu'elle creusa un peu.

– Que fais-tu encore ? s'exclama la princesse à bout de nerfs.

– Ce que je fais ? s'énerva Dastan.

177

C'est alors que le sol remua sous leurs pieds. Debout en équilibre, Dastan se mit à glisser dans le sable comme sur une vague en plein océan.

Tamina, elle, parvint à bondir vers la coupole en or. Mais quand elle se tourna pour attraper Dastan, il était trop tard.

– Dastan! hurla-t-elle tandis qu'il disparaissait de sa vue.

Le sable se déversait dans les profondeurs de la citadelle quand finalement, le prince agrippa une arche. Rassemblant toutes ses forces, il se hissa et se faufila dans un autre passage souterrain.

Il s'accorda quelques instants pour reprendre son souffle et laisser ses yeux s'habituer à l'obscurité. Il n'avait jamais vu un tel endroit de toute son existence. Il y avait un trou sans fond au milieu du passage et des pyramides de marches ancrées dans les murs.

Au moment où il avançait, une vision le paralysa: un crotale! Le reptile se jeta sur lui. À la vitesse de l'éclair, Dastan l'intercepta avec la lame de son épée.

Puis, sentant qu'il n'était pas seul, il prit le temps d'inspecter la pièce. Rien… Puis il perçut un mouvement derrière lui et fit volte-face à l'instant où l'Hassansin sautait à terre. Le tueur brandissait deux lames en forme de crocs que Dastan repoussa avec son épée. Dans un fracas d'acier, les deux hommes grimpèrent les marches. Un mauvais pas et ils plongeaient dans les abysses.

L'Hassansin plaqua Dastan contre les marches et celui-ci dut lâcher son épée et saisir la lame de son agresseur à pleines mains pour ne pas que son cou soit transpercé.

Pendant la lutte, Dastan fixa les yeux froids et morts du tueur. Ils étaient terrifiants !

Soudain, il remarqua quelque chose d'encore plus terrifiant ; un crotale qui longeait la manche de l'Hassansin.

Dastan ne put rien faire pour le stopper. Il avait besoin de ses deux mains pour retenir l'épée adverse.

Le crotale émit un sifflement froid et méchant pendant que sa langue léchait l'air. Elle s'allongea vers Dastan qui ferma les yeux en attendant la morsure létale.

Rien.

Quand le prince rouvrit les yeux, il constata que le serpent s'était figé dans les airs, à quelques centimètres de sa gorge.

Tamina l'agrippait de toutes ses forces. Entre

deux hurlements, elle enfonça les crocs lui-sants du crotale dans le visage de l'Hassansin.

Le tueur recula puis tomba à la renverse, loin de Dastan.

– Tamina... bredouilla le Lion de Perse, incapable de croire à ce qui venait de se passer.

La princesse ne dit pas un mot mais elle saisit Dastan par le col et l'embrassa avec passion. Quand leur baiser prit fin, les genoux de Tamina vacillèrent et Dastan la rattrapa de justesse dans sa chute.

Dastan ne comprenait pas la raison de cet évanouissement quand tout à coup, il vit deux petits trous sur son poignet.

– Le crotale t'a mordue ! gémit-il.

Oui, en sauvant Dastan, Tamina avait été blessée. Il voulait aller chercher de l'aide mais il n'en avait pas le temps. La jeune princesse faiblissait à vue d'œil. Néanmoins, il lui restait un peu de force. Elle savait que Dastan avait encore une mission à accomplir.

– Si l'Hassansin se trouvait ici... chuchota-t-elle.

– Nizam aussi, compléta le prince.

Elle désigna une lumière au bout d'un couloir.

Cette lueur lui était familière... C'était celle des Sables du Temps.

16

Tamina sur ses épaules, Dastan suivit le couloir qui le mena à une immense salle.

Le Sablier des Dieux lui parut magnifique et imposant sous le plafond voûté. Son sable blanc émettait une lumière inquiétante qui dansait dans les airs. Sous les yeux de Dastan, des reflets du Temps luisirent dans le verre, de brèves images de sa vie.

Puis il aperçut Nizam, comme hypnotisé, ignorant la présence de son neveu.

Le visage de son oncle ressemblait à celui d'un désaxé sur le point d'accomplir une sombre mission. Au moment où Nizam brandit la dague pour frapper la paroi en verre, Dastan sortit de l'ombre, épée à la main.

– Vous avez assassiné votre propre famille, l'accusa le Lion de Perse.

Cachée dans l'ombre, Tamina les observait. La pureté de son esprit luttait contre le poison noir du crotale et lui offrait ainsi un peu de force. Son cœur souffrait pour Dastan et était horrifié par la folie de Nizam.

– Au début, je me suis dit que ce serait difficile, gronda Nizam. Mais finalement, c'était plutôt facile, comme n'importe quelle guerre.

– Sharaman était votre frère ! hurla Dastan.

– Et la malédiction de ma vie ! répliqua son oncle. Tu veux savoir à quoi mon existence a ressemblé ? Peu importe quel pays tu conquiers, quelle gloire tu apportes à l'empire ; quand tu entres dans une pièce, tous les regards se posent sur l'homme qui est à côté de toi. Et tu te répètes : si seulement ce fameux jour, il y a si longtemps, tu l'avais simplement laissé mourir, tu serais roi, tu recevrais tous les honneurs.

Dastan poussa un hurlement et allongea une botte vers son oncle qui la para avec la dague. Après deux ou trois coups, Dastan parvint à arracher le poignard des mains du vieil homme. Puis il leva son épée pour le tuer.

– J'avais du respect pour toi, lui lança Nizam avec une pointe de dégoût dans la voix.

Dastan hésita un quart de seconde. Trop longtemps : Nizam sortit une lame qu'il avait cachée dans son manteau et lui entailla le ventre.

Le prince de Perse s'effondra sur le sol.

– Je n'ai jamais compris pourquoi mon frère avait ramené pareil détritus au palais, se moqua son oncle. Bon retour dans le caniveau, Dastan ! C'est là où tu vivras sous mon règne.

Nizam ramassa la dague et transperça le Sablier des Dieux. Il appuya sur le pommeau serti de pierres précieuses et une quantité infinie de sable se déversa alors sur la poignée de la dague. Soudain, le monde autour d'eux se déforma tandis qu'ils remontaient le temps.

Le verre se fissura ; il ne tarderait pas à voler en éclats et à libérer les sables du temps.

– Nizam ! hurla Dastan. Ne vous servez pas de la dague pour vous rendre dans votre passé. Cela déclenchera…

– Cela déclenchera quoi ? répliqua Nizam. Le courroux des Dieux ? Les flammes de l'Enfer ? Et alors ? Mieux vaux régner en enfer que ramper à la surface de cette terre maudite.

Nizam enfonça davantage la lame dans le Sablier.

De son côté, Dastan rassembla le peu de force qui lui restait pour se mettre debout et plonger la main dans le sable. Il fallait absolument qu'il reprenne la dague à Nizam. Le Sablier se craquelait davantage encore.

Les mains enfouies dans les grains luisants, tous deux furent assaillis par des flashs – Nizam montant les frères les uns contre les autres, Nizam complotant avec les Hassansins... Le temps continuait à remonter – Sharaman hurlant de douleur quand il enfila la robe empoisonnée...

Nizam arbora un sourire diabolique à cet instant et la colère décupla la force de Dastan. Il tira de plus en plus et finalement son énergie et sa bonté eurent raison de Nizam. Il fut capable de lui ôter la dague de la main et de la retirer du Sablier des Dieux.

Et là, le temps reprit son cours normal, la fissure se répara doucement. Les deux hommes basculèrent de la plateforme dans ce qui leur parut une gigantesque tempête de sable.

Épilogue

Quand la tempête de sable se leva, Dastan ne se trouvait plus sous Alamut mais dans les rues de la citadelle. Il avait sauvé le monde mais était aussi retourné dans le passé – au moment du raid sur Alamut. Il venait de se battre contre le guerrier Asoka et de découvrir la dague.

Dastan repensa aux épreuves et aux aventures qu'il avait endurées. Il avait vu le Mal sous son pire visage. Il avait vu la beauté, la force et l'amour comme il ne les avait jamais imaginés en la princesse Tamina. Il avait été exposé à la mort et avait pourtant survécu. Et voilà que ces moments avaient été effacés de l'Histoire.

Personne ne savait ce qui était arrivé.

Personne sauf Dastan. Malgré les difficultés rencontrées, les événements n'avaient pas affaibli le jeune prince. Au contraire, il était prêt à affronter l'avenir. Il ne serait pas bon, il serait grand.

Il avait hâte de rencontrer à nouveau Tamina.

Il avait hâte de prouver la trahison de Nizam mais aussi de serrer ses frères et son père dans ses bras.

Il était redevenu le prince de Perse.

L'épée était forte.

Pour l'éditeur, le principe est d'utiliser des papiers composés de fibres naturelles,
renouvelables, recyclables et fabriquées à partir de bois issus de forêts qui adoptent
un système d'aménagement durable. En outre, l'éditeur attend de ses fournisseurs
de papier qu'ils s'inscrivent dans une démarche de certification
environnementale reconnue.

**Imprimé en Italie par Europrinting s.p.a.- Dépôt légal : mai 2010 - Édition 01
ISBN 978.2.01.463078.7 - Loi n° 49-956 du 16 juillet 1949
sur les publications destinées à la jeunesse.**

Pour tout renseignement concernant nos parutions, nous contacter par
téléphone au 01 43 92 38 88 ou par e-mail : disney@hachette-livre.fr